랭보
일류미네이션

랭보
일류미네이션

초판 1쇄 | 발행 2024년 5월 1일

지 은 이 | 김종호
펴 낸 이 | 임지이
책임편집 | 임지이
디 자 인 | 박정화
마 케 팅 | 김옥재

펴 낸 곳 | ㈜엘도브
출판등록 | 2023년 6월 28일 제2023-000074호
주   소 | 경기도 파주시 아동로7 4층 다40호
이 메 일 | ailesdaube@gmail.com

ISBN 979-11-984277-1-7   03860

랭보
일류미네이션

아르튀르 랭보 지음
김종호 번역 · 해설

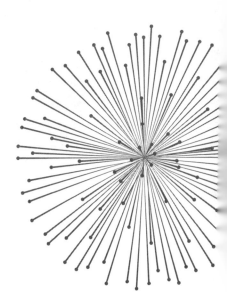

Illuminations
Arthur Rimbaud

엘도브

에티엔 카르자가 찍은 17세 랭보의 사진 복사본,
1872, 프랑스 국립도서관

차례

역자 서문

1. 랭보의 시와 침묵

    문학을 버리고 떠난 랭보를 다시 소환하는 이유는 한결같다. 랭보의 침묵은 시의 비밀을 함축한다. 랭보는 시 그 자체다. 그의 작품은 신비의 결정체다. 5년 정도에 지나지 않는 짧은 기간의 글쓰기로 시를 "파열"시키고, 스무 살 무렵, 말라르메(Mallarmé)의 표현에 따르면, "산 채로 몸에서 시를 잘라내고" 떠난 시인이 랭보다. 후계 시인 샤르(Char)는 말했다. "나에게 있어 랭보가 무엇인지 안다면, 내 앞에 있는 시가 무엇인지 알 것이고, 그러면 시를 쓰지 않아도 될 것이다." 랭보와 시와 침묵이 하나라는 얘기다.

    침묵이라는 시의 본질을 육화하고 있는 것이 랭보의 마지막 작품, 궁극의 시집 『일류미네이션』이다. "궁극"이라 함은 표현 가능성의 한계 지점에 있다는 뜻이다. 『일류미네이션』은 언어와 소통, 담론과 유희, 말과 침묵이 구분되지 않는 곳에 위치한다. "표현할 수 없는 것을 표현"하려 했던 그의 시는 해석이 거의 불가능하다. 출판된 지 백 수십 년이 지났지만 그의 시는 여전히 미지의 영역이다.

    랭보의 문학적 실존은 짧았지만 그가 남긴 작품의 울림은 여전하다. 문학의 본질과 가능성에 대한 깊은 의문을 담고 있기 때문이다. 문학이 무엇을 할 수 있는지, 글로 "삶을 변화시키기"가 가능한지, 내면의 "여러 다른 삶"과 꿈의 기록이 새로운 세상을 제시할 수 있는지에 대한 탐색이 그의 글쓰기를 이

끈다. 삶의 결은 거칠었지만 그의 작품은 "흠 없는 영혼"을 추구했다. 무구하고 무한한 세상과 "진정한 삶"의 구현이 그의 지향점이다.

오 계절들이여, 오 성(城)들이여,
흠 없는 영혼이 어디 있으랴?

『일류미네이션』은 시간과 공간의 굴레에서 벗어난 꿈의 기록이다. 현실의 삶과 인식의 관습을 바탕으로 읽을 때 작품의 의미는 혼란 그 자체다. 실재와 환상, 의식과 무의식, 사물과 허상의 여러 차원이 하나의 화면에 혼재하기 때문이다. 『일류미네이션』은 스핑크스의 수수께끼처럼 인간에게 던져진 커다란 물음표다. 그 시들 속에는 존재의 의미와 세상의 모순에 대한 성찰이 다양한 의문의 형태로, 온갖 방향으로 제시되어 있다.

2. "불가해한 시집"과 제목의 의미

『일류미네이션』의 불가해함은 시집의 의도와 형체, 제작 시기 등의 불확실함과 맞물려 있다. 낱장 묶음 형태로 손에서 손으로 전해진 원고는 순서가 불확실해서 첫 판본부터 최신 판본에 이르기까지 차례가 제각각이다. 시집의 제목조차 확실한 것이 아니다. 유일하게 제목의 존재를 확인해 주는 것은 1886년 출판된 서문에서 밝힌 베를렌(Verlaine)의 회고적 증언이다.

우리가 대중에게 내놓는 이 책은 1873년에서 1875년 까지 벨기에, 영국과 독일 전역의 여행 중에 씌어졌다.
"일류미네이션"이라는 단어는 영어로서 채색 판화 (coloured plates)를 의미한다. 그것은 랭보가 원고에 부여했 던 부제목이기까지 하다.

베를렌의 모호한 진술은 논란의 시작일 뿐이다. 그의 서 문이 담긴 판본은 정작 부제를 표기하고 있지 않을 뿐 아 니라, 영어로 제시된 부제가 제목의 다원적 의미를 제한하 고 있기 때문이다. 다른 글에서 제목의 영어식 발음표기 ("Illuminécheunes")와 유사 부제("painted plates")까지 언급한 베를 렌의 증언은 혼란을 더한다.

불확실하지만, 시집의 제목은 시인의 의도를 함축한다. 그 것은 난해한 각각의 시들을 열어줄 열쇠다. 의미가 불분명해 도 함의는 크다. 제목에 내포된 첫 번째 의미는 빛의 관념이 다. 그것은 단어의 어원에 담겨 있는 것으로서 많은 시에 나 타나는 다양한 빛의 양상을 반영한다. 두 번째는 "계시", "영감" 과 같은 종교적 혹은 신비적 의미다. 그 의미는 반종교적 전 언 혹은 새로운 차원의 전언으로까지 확대될 수 있다. 실제로 "반(反)복음서 기획"은 첫 시 「대홍수 이후」에서 메시아의 모 습을 연상시키는 마지막 시 「정령」에 이르기까지 일관성 있는 작품의 이해를 가능하게 하는 가장 효율적인 관점이다. 또 하 나의 의미는 텍스트 자체를 지시하는 메타포로서 시들의 "놀 라운 이미지들"을 가리킨다. 그 놀라움 혹은 경이로움은 종 교적 의미와도 관계있다. 제목의 마지막 의미는 채색 삽화

(enluminures)에 상응하는 것으로 이른바 부제와 연관된다. 다만 "채색 판화" 혹은 "착색 판화"는 역동적 순환성을 지닌 『일류미네이션』의 상상 세계에서 활력이 저하된 단계를 암시하는 상징이기도 하다. 그 고착 상태에서 모든 생명의 힘을 다시 길어 올리고, 드높은 언어의 빛, 인간이 빚어낸 빛, 새롭게 "창조된 빛"의 차원으로 승화시키려는 노력이 제목의 궁극적 의미다. "일뤼미나시옹"이라는 의미작용 없는 음역이나 "채색 판화" 혹은 "착색 판화"라는 불확실한 부제로 옮겨지던 시집의 제목을 "일류미네이션"으로 교정한 것은 이와 같은 다양한 의미의 스펙트럼을 회복시키기 위해서다.

3. 작품의 의도와 창조의 유희

"반(反)복음서 기획"은 랭보의 문학적 실존의 귀결이다. 집에 머문 적이 드물었던 아버지의 부재와 청교도적인 어머니의 억압적 존재감, 그리고 작은 시골 마을에 갇혀 살았던 어린 시절의 그를 키운 것은 탈출과 반항과 자유의 갈망이었다. 시적 상상으로의 몰입도, 파격적인 언행, 베를렌과의 일탈도, 글쓰기의 혁신도, 그리고 문학과 유럽으로부터의 이달까지도 모두 거기서 비롯된다. 단계를 불사르는 그의 시적 진화는 1873년 4월에서 8월 사이에 쓴 산문시 『지옥에서 보낸 한 철』에서 변곡점에 이른다. "지옥에서 보낸 한 철"은 베를렌과 함께한 몇 달 혹은 몇 년의 시기만을 가리키는 것이 아니다. 프랑스 선조의 "나쁜 혈통"에 대한 자조와 "이교도적" 영혼의 찬양은 기독교의 교리와 이념에 갇힌 "서양"에 대한 비판으로 이어진다. 시인의 "지옥"은 결국 "인간의 아들이 문을 연, 오래된 지옥", 즉 서구의 닫힌 현실 세계를 가리킨다.

『지옥에서 보낸 한 철』의 마지막 산문시 「작별」(Adieu)에 언급된 "새로운 시간", 새로운 "새벽"은 『일류미네이션』에서 구현된다. 『일류미네이션』은 창세기에서 묵시록에 이르는 성서의 구도를 거슬러 올라가 원죄와 구원의 교리를 파기하고 "재창조된" 세계의 비전을 제시한다. 현실 세계의 쇄신을 암시하는 첫 시 「대홍수 이후」에서부터 새로운 복음을 전파하는 마지막 시 「정령」에 이르기까지, 『일류미네이션』이 보여주는 파괴적 창조의 글쓰기는 자주 격렬하고 때로 풍자적이며 더없이 오만한 동시에 자조적이다. 거의 늘 유희적이지만 때로 간절한 그의 글을 이끄는 힘은 인간의 원초적 순수와 존재의 온전함과 완전한 자유에 대한 갈망이다. 강렬한 파괴의 흔적처럼 『일류미네이션』의 시편들은 파열된 형태로 남았지만, 그 "단편들"(fragments) 혹은 파편들은 "진리를 하나의 영혼과 하나의 육체 속에 소유하려는" 온당한 욕망의 결과물이다.

4. "문자 그대로, 모든 의미로"

난해한 랭보의 시를 대하는 관점은 두 가지가 있다. 하나는 그 속에서 천재의 메시지를 읽어 내려는 진지한 시선이고, 다른 하나는 그것을 결국 성마른 아이의 글 놀이로 치부하는 태도다. 랭보를 오래 연구한 비평가들도 둘 사이를 오간다. 진지한 담론이든 악동의 유희든 랭보의 텍스트는 해독하기 어려운 암호문 같다. 합리적으로 헤아릴 수 없는 대목이 이해할 수 있는 부분보다 더 많다. 논리적 이해의 결핍은 그러나 독자의 폭넓은 상상력을 촉구하는 요인이다. 『지옥에서 보낸 한 철』의 모호한 표현들에 대해 의미를 묻는 어머니에게 "문자 그대로, 모든 의미로(방향으로)" 읽으라고 했다는 랭보의 대답은 시사적이다. 그가 "찾아낸" 새로운 차원의 언어, "모든 감각(의미)에 닿을 수 있는 시적 언어"는 일원적인 일상의 언어로 환원될 수 없다. 복합적인 언어의 의미 파악에 집착하면 "상징들의 숲" 속에서 길을 잃기 쉽다. 랭보의 상징은 일반적 문학의 범위를 벗어난다. 극히 개인적인 상징에서 간단한 알레고리에 이르기까지 편차가 크다. 상징 하나하나를 풀이하는 것보다 상상의 움직임을 주시하는 것이 낫다. 환상적인 이미지들을 쫓다 보면 이해의 폭은 차츰 넓어진다. 그것이 랭보가 찾았던 "영혼에서 영혼으로 향하는" "보편적 언어"(le langage universel)의 소통 방식이 아닐까. 『일류미네이션』을 읽다 보면 문학의 힘과 허무가, 전염되듯, 끊임없이 느껴지는 이유다.

"표현할 수 없는 것을 표현한" 글을 옮긴 글이 제대로 된 글일 리 없다. 읽기 어렵고 어색한 표현들이 많다. 원문 자체가 자연스러움과는 거리가 있다. "미지"의 글쓰기를 추구한 결과인 그 생경함을 군이 자연스럽게 풀려고 하지 않았다. 한계가 뚜렷한 번역을 반추하도록 프랑스어 원문을 병치했다. 프랑스어를 모르는 독자를 위해 영어 번역을 부가했다. 단어의 의미와 어순에 있어서 우리말보다는 영어가 프랑스어와 가깝다. 주석은 최대한 제한했다. 되도록 시 본문보다 길어지지 않도

14

록 했다. 하나의 해석일 수밖에 없는 주석은 종종 가능한 독서의 상상력을 제한할 수 있다. 설명이 짧을수록 그릇된 길 안내도 적다. 시의 본질이 함축이라면『일류미네이션』은 그 궁극이다. 랭보는 "침묵을 기록했다". 무한한 침묵의 빈 공간을 메우는 것은 독자의 몫이다. 수수께끼는 맘껏 상상하도록 주어진 것이다.

원고의 불확실성으로 인해『일류미네이션』은 정본이 없다. 크게는 시집의 순서와 시의 배열, 작게는 문장과 단어, 부호의 표기까지 판본마다 다르다. 판본 자체가 하나의 해석이고 관점이다. 오랜 연구를 바탕으로 구성된 최신 판본들의 합을 원전으로 삼았다. 주요 판본의 목록은 참고한 영역본과 함께 책 끝에 있다.

『일류미네이션』에서 빈번히 나타나는 여러 가지 구두점과 부호들은 중요하다. 「아름다운 존재」나 「단장들」처럼 글을 나누는 기호들이 작품의 해석을 결정짓는 경우도 있다. 작은 구두점, 부호들조차 의미가 실린 경우가 많다. 모든 부호를 그대로 옮기고 싶었지만, 우리글에 쓰지 않는 콜론과 세미콜론은 쉼표나 마침표 등으로 대체했다. 원문에 많이 쓰인 줄표(tiret)는 그대로 살렸다.『일류미네이션』에서 줄표는 글쓰기 리듬의 변화나 장면 전환을 나타내고 시공간의 간극을 잇거나 내면의 목소리들을 도입하는 등 많은 것을 표상한다.

대홍수 이후

대홍수의 관념이 다시 가라앉자마자,

산토끼 한 마리가 누에콩 풀과 움직이는 방울꽃들 속에 멈춰 서서 거미줄 사이로 무지개를 향해 기도했다.

오! 보석들은 숨어들고 있었고, ― 꽃들은 벌써 쳐다보고 있었다.

더러운 큰길에는 진열대들이 세워졌고, 작은 배들이 마치 판화에서처럼 저 높이 충진 바다를 향해 끌어올려졌다.

피가 흘렀다, **푸른 수염** 집에, ― 도살장에, ― 서커스 극장에, **신**(神)의 봉인이 창문들을 푸르스름하게 물들였다. 피와 젖이 흘렀다.

비버들이 집을 지었다. 작은 카페들에서 "마자그랑" 커피 향이 피어올랐다.

아직도 물이 흐르는 커다란 유리 집에는 상을 당한 아이들이 놀라운 이미지들을 쳐다보았다.

문소리가 났고, 이어 마을 광장에, 아이가 팔을 휘두르며, 눈부신 소나기 아래, 사방팔방 종탑들의 바람개비 풍향계와 수탉들을 휘돌렸다.

*** 부인은 알프스에 피아노를 들여놓았다. 미사와 첫영성체들이 대성당의 수많은 제단에서 거행되었다.

상인 집단들은 떠났다. 그리고 **장엄 호텔**이 극지의 빙하와 밤의 혼돈 속에 세워졌다.

그때부터, **달**은 백리향 사막에서 울어대는 자칼들 소리와, — 과수원에서 투덜대는 나막신 신은 목가(牧歌) 소리를 들었다. 그리고, 보랏빛 큰 숲에서, 움터나는, 유카리스가 나에게 봄이라고 말했다.

— 솟아라, 연못, — 거품이여, 다리 위로, 숲 저 너머로, 굴러라, — 검은 천들과 파이프오르간들, — 번개들과 천둥, — 솟아올라 굴러라, — 물과 슬픔들, 솟아올라 **대홍수들**을 다시 일으켜라.

왜냐하면 그들이 흩어진 이래로, — 오 묻혀가는 보석들, 그리고 열린 꽃들! — 권태뿐이니까! 그리고 **여왕**은, 흙 단지 속에 자신의 숯불을 지피는 그 **마녀**는, 우리에게 그녀가 아는 것, 우리는 모르는 것을 결코 얘기해주려 하지 않으니까.

대홍수 이후

「대홍수 이후」는 『일류미네이션』의 첫 시다. 그것이 시인의 의도였는지 첫 편집자 페네옹(Fénéon)의 단순한 페이지 매김이었는지는 알 수 없지만, 첫 판본에서 최신 판본에 이르기까지 그 위치는 대체로 바뀌지 않았다. 확실치 않은 원고의 첫 번째 일련번호 때문이 아니라, 비밀스러운 표현들 속에 시집 전체의 주요 "관념"과 "이미지들", 인물과 상징들, 갈망과 의도들이 발아하고 있기 때문이다. "대홍수"의 관념 혹은 환상은 현실 세계의 정화를 향한 강렬한 바람이다. 또한 성경의 창세기 신화의 전복적 패러디이기도 하다. 희미한 신의 가호("푸르스름"한 "신의 봉인") 아래 펼쳐지는 살육의 풍경은 그것을 암시한다. 이곳에는 "젖과 꿀" 대신 "피와 젖"이 흐른다.

"대홍수 이후"의 세계를 되돌리려는 반(反)복음적 메시지는 이 시와 시집 전체를 가로지른다. 『일류미네이션』은 "대홍수의 관념"으로부터 새로운 창조를 향한다. 시 전편에 나타나는 역동성의 갈망은 그 격렬한 의지의 표현이다. 그것은 대홍수 이전의 순수 상태에 대한 갈증 혹은 새로운 정화 욕구가 엿보이는 뒷부분의 외침 혹은 주문 속에 함축되어 있다. 반복되어 나타나는 꽃과 보석은 그런 카타르시스의 결정체. 마지막 부분의 권태와 무지의 탄식은 근원적 수수께끼를 탐구하는 여러 시들의 동인이다.

아이의 테마에는 억압된 유년의 기억과 원초적 삶의 환상이 혼재한다. 그로 인해 모든 것은 동화적 색채를 띤다. 동화는 개인적인 동시에 우주적인 차원을 내포한다. 마녀 혹은 여왕의 모성적 이미지는 유년기의 삶과 대지의 신화를 포괄한다. 아이들이 보는 "놀라운 이미지들"은 곧 시집 전체를 가리키는 메타포다. 새로운 관념과 형상들이 하나씩, 마치 판화 속에 새겨지듯, 아니면 드넓은 상상의 허공에 그려지듯 펼쳐진다. 생경한 각각의 이미지들은 일관된 해석의 범위를 벗어나지만, 종교와 동화 혹은 우화, 아이와 모성, 집과 이국 취향, 축성과 파괴, 문명과 원시 등의 대립 항목들이 이질적 이미지들에 묵시적 연관성을 부여한다.

"대홍수들"은 반복되는 역동적 상상의 표현이다. 세상 모든 것이 씻겨가는 대홍수의 상상은 되풀이되고, "언제나" "어디서나"(「어느 이성에게」) 새로운 창조의 그림이 펼쳐진다.

유카리스(Eucharis)는 수선화과의 꽃 이름이자 그리스 신화에서 파생된 님프의 이름이다. 페늘롱(Fénelon)의 소설 『텔레마코스의 모험』(Les Aventures de Télémaque, 1699)에 나오는 유카리스는 유아적 순수함과 아름다움을 지닌 매력의 화신으로, 오디세우스의 아들 텔레마코스를 사랑에 빠뜨린다. 전설의 섬 오기기아의 여왕 님프인 칼립소(Calypso)는 처음 그 사랑을 양도했으나 곧 질투와 회한, 절망과 분노에 사로잡혀 둘을 갈라놓는다.

Après le Déluge

Aussitôt après que l'idée du Déluge se fut rassise,

Un lièvre s'arrêta dans les sainfoins et les clochettes mouvantes et dit sa prière à l'arc-en-ciel à travers la toile de l'araignée.

Oh! les pierres précieuses qui se cachaient, — les fleurs qui regardaient déjà.

Dans la grande rue sale les étals se dressèrent, et l'on tira les barques vers la mer étagée là-haut comme sur les gravures.

Le sang coula, chez Barbe-Bleue, — aux abattoirs, — dans les cirques, où le sceau de Dieu blêmit les fenêtres. Le sang et le lait coulèrent.

Les castors bâtirent. Les «mazagrans» fumèrent dans les estaminets.

Dans la grande maison de vitres encore ruisselante les enfants en deuil regardèrent les merveilleuses images.

Une porte claqua, et sur la place du hameau, l'enfant tourna ses bras, compris des girouettes et des coqs des clochers de partout, sous l'éclatante giboulée.

Madame *** établit un piano dans les Alpes. La messe et les premières communions se célébrèrent aux cent mille autels de la cathédrale.

Les caravanes partirent. Et le Splendide Hôtel fut bâti dans le chaos de glaces et de nuit du pôle.

Depuis lors, la Lune entendit les chacals piaulant par les déserts de thym, — et les églogues en sabots grognant dans le verger. Puis, dans la futaie violette, bourgeonnante, Eucharis me dit que c'était le printemps.

— Sourds, étang, — Écume, roule sur le pont, et par-dessus les bois ; — draps noirs et orgues, — éclairs et tonnerre, — montez et roulez ; — Eaux et tristesses, montez et relevez les Déluges.

Car depuis qu'ils se sont dissipés, — oh les pierres précieuses s'enfouissant, et les fleurs ouvertes! — c'est un ennui! et la Reine, la Sorcière qui allume sa braise dans le pot de terre, ne voudra jamais nous raconter ce qu'elle sait, et que nous ignorons.

After the Deluge

As soon as the idea of Deluge had subsided,

A hare stopped in the sainfoins and the swaying bellflowers and said his prayer to the rainbow through the spider's web.

Oh! the precious stones that were hiding, — the flowers that were already looking.

In the dirty main street stalls were set up, and boats were towed toward the sea raised up above in tiers as in engravings.

Blood flowed, at Bluebeard's, — in slaughterhouses, — in circuses, where the seal of God turned the windows pale. Blood and milk flowed.

Beavers built. "Mazagrans" smoked in the taverns.

In the big house of glasses still dripping, children in mourning looked at the marvelous images.

A door slammed, and on the village square, the child waved his arms, included weather vanes and cocks on steeples everywhere, under the bursting shower.

Madame *** installed a piano in the Alps. Mass and first communions were celebrated at the hundred thousand altars of the cathedral.

Caravans departed. And the Splendid Hotel was built in the chaos of ice and night of the pole.

Since then, the Moon heard jackals howling through the deserts of thyme, — and the eclogues in wooden shoes grumbling in the orchard. Then, in the violet forest, budding, Eucharis told me that it was spring.

— Gush, pond, — Foam, roll on the bridge, and over the woods ; — black palls and organs, — lightnings and thunder, — rise and roll ; — Waters and sorrows, rise and raise again the Deluges.

For since they have dispersed, — oh the precious stones burying themselves, and the opened flowers! — it's an ennui! and the Queen, the Sorceress who lights her coals in the pot of earth, will never want to tell us what she knows, and which we do not know.

유년기

I

이 우상(偶像)은, 검은 눈과 노란 갈기에, 부모도 궁정도 없지만, 멕시코와 플랑드르 전설보다 고귀하다. 그의 영역은, 드높은 창공과 초목의 빛으로, 선박 없는 파도들에 의해, 사나운 그리스, 슬라브, 켈트 이름이 붙여진 해안까지 뻗어 있다.

숲 가장자리에 — 꿈의 꽃들이 종소리 울리며, 터뜨려져, 빛난다, — 오렌지빛 입술의 소녀가, 풀밭에서 솟아나는 맑은 홍수 속에 무릎을 포개고 있고, 그 나신을 무지개들, 식물들, 바다가 그늘 지우고, 가로지르며, 옷 입힌다.

여인들이 바다 가까운 테라스들 위에서 선회한다. 아이처럼 거인처럼, 회녹색 거품 속 화려하게 검게 빛나는 그녀들, 해빙의 숲과 뜰의 기름진 흙 위에 곧게 선 보석들 — 젊은 어머니들과 순례의 눈빛 가득한 큰 자매들, 회교 왕비들, 움직임과 옷차림이 위압적인 왕녀들, 이국의 작은 여인들 그리고 잔잔히 불행한 사람들.

너무나 권태로운, "다정한 육체"와 "다정한 마음"의 시간.

II

그녀다, 장미 나무들 뒤, 죽은 소녀. — 운명한 젊은 엄마가 현관 층계를 내려온다 — 사촌의 마차가 모래밭에서 울부짖고

25

있다 — 동생이 — (그는 인도에 있다!) 그곳, 석양 앞, 카네이션 풀밭에 있다. — 정향꽃 피는 성벽 속에 곧게 매장된 노인들.

금빛 잎 무리가 장군의 집을 에워싸고 있다. 그들은 남쪽에 있다. — 붉은 길을 따라가면 텅 빈 주막에 다다른다. 성채는 팔려고 내놓았다. 덧창들이 떨어져 나갔다. — 사제가 교회의 열쇠를 가져갔을 것이다. — 공원 주위, 경비원 숙소들은 비어 있다. 울타리가 너무 높아서 보이는 것은 바스락거리는 나무 꼭대기들뿐이다. 하기야 저 안에는 볼 것도 없다.

풀밭을 오르면 수탉도 없고, 모루도 없는 마을에 이른다. 수문은 열려 있다. 오, 예수 수난상들과 사막의 풍차들, 섬들과 짚 더미들.

마법의 꽃들이 붕붕거리고 있었다. 비탈길들이 그를 흔들어 주었다. 전설적인 우아함을 지닌 동물들이 나다니고 있었다. 구름들이 영겁의 뜨거운 눈물들로 만들어진 높은 바다 위로 몰려들고 있었다.

III

숲에는 새 한 마리가 있다. 그 새의 노래는 당신을 멈춰 세우고 얼굴을 붉히게 한다.

종소리 나지 않는 시계가 있다.

하얀 짐승들의 둥지가 있는 웅덩이가 있다.

26

내려가는 성당과 올라가는 호수가 있다.

벌목 숲에 버려진, 혹은 오솔길을 달려 내려가는, 리본으로 장식된 작은 마차가 있다.

숲 가장자리를 가로지르는 길 위에는 얼핏, 의상을 갖춘 작은 연극배우 무리가 있다.

마지막으로, 배고프고 목마를 때, 당신을 쫓아내는 누군가 가 있다.

IV

나는 성자, 테라스에서 기도 중이다. — 평화로운 동물들이 팔레스타인의 바다에 이르기까지 방목되고 있다.

나는 어두운 안락의자에 앉아 있는 학자. 나뭇가지들과 비가 서재의 십자형 유리창을 두드린다.

나는 키 작은 숲 속 큰길을 걷는 행인. 수문들 소음이 내 발걸음 소리를 덮는다. 나는 오랫동안 석양의 우울한 금빛 세탁을 바라본다.

나는 높은 바다로 사라진 부두에 버려진 아이일 것이다. 나는 어린 시종, 끝이 하늘에 닿은 작은 길을 따라간다.

오솔길들은 험하다. 언덕들은 금작화로 뒤덮인다. 공기는 움직임이 없다. 새들과 샘들은 너무 멀리 있다! 계속 나아가면, 세상의 끝일 수밖에 없다.

V

나는 결국 시멘트 선들이 도드라진, 하얗게 석회 바른 이 무덤에 세 든다 ― 땅속 아득한 곳.

나는 탁자에 턱을 괸다. 내가 바보처럼 다시 읽는 이 신문들, 흥미 없는 이 책들을 램프가 아주 생생하게 비춘다.

나의 지하 응접실 저 위 엄청나게 멀리, 집들이 자리 잡고 있다. 안개가 모여든다. 진흙은 붉거나 검다. 기괴한 도시, 끝없는 밤!

좀 덜 높은 곳에, 하수도가 있다. 옆에는, 지구의 두께뿐. 아마도 창공의 심연들, 불의 우물들이 있을 듯. 아마도 달들과 혜성들, 바다들과 전설들이 만나는 곳이 바로 이 도표상일 것이다.

쓰라림의 시간이 되면 나는 사파이어, 금속 공(球)들을 상상해 낸다. 나는 침묵의 거장이다. 채광창 같은 것이 둥근 천장 한쪽 구석에서 어슴푸레 밝아질 까닭이 있는가?

유년기

꿈과 회상과 현재가 혼동되는 세계를 여러 시점에서 묘사한 시다. 다섯으로 나누어진 유년기의 각 단계는 상상의 활력에 따라 한없이 역동적이기도 하고 더없이 고착적인 양상을 띠기도 한다. 제목은 기억 속 나의 유년기와 환상 속 새롭게 태어나는 세계의 유년기를 동시에 함축한다.

I

선행하는 지시 대상 없이 사용된 지시어 "이"(Cette, "저", "그")는 랭보의 상용 기법으로 눈앞에 펼쳐지는 비전의 급격함과 생생함을 나타낸다. 모든 풍경과 존재들은 시인의 손끝에서 창조된다. 뒤섞이며 진화하는 인물과 사물들은 랭보의 종합적 상상력의 산물이다. 역동적 변화 그 자체가 형상들의 존재 이유다. 주목할 것은 혼란한 개별적 정체성이 아니라 자유로운 결합과 진화의 즐거움이다.

시공을 초월한 환상의 글쓰기, 순수한 창조의 유희 끝에는 항상 이원론적 현실이 기다리고 있다.

II

화려한 환상은 환영이 되고, 죽음과 고착, 부재와 황폐의 이미지들이 횡행한다. "마법"과 "전설"의 시간은 이미 지나가고, 환상의 기억들만 고집스럽게 남아 있다.

III

모든 환상이 광활하게 펼쳐지던 무한 공간(I), 모두 죽거나 사라지고 환영만 남은 공간(II)은 시간과 움직임이 정지된 것 같은 진공 상태(III)로 이어진다. 중력과 운동의 법칙이 배제된 그곳에서는 "나"의 존재마저 지워진 듯 보인다. 하나같이 비인칭으로(II y a, ~가 있다) 구성된 문장들은 각각 하나의 정지된 그림처럼 거울 속 허상 같은 물체들을 묘사한다.

필연적인 "쫓겨남"은 결국 IV와 V의 현실적 유폐와 종말로 이어진다.

IV

유년의 회상과, 그 기억에 대한 보상적 상상과, 그 환상에 대한 환멸이 교차되고 있다. 다양한 "나"의 정체성은 거기서 비롯된다.

V

회상과 상상의 조합 속에 광대하게 펼쳐지던 "나"의 "다양한 삶들"은 결국 현실보다 더 깊은 고립의 공간으로 귀착된다. 그러나 그 현실의 바닥은 여전히 꿈의 우주로 통한다.

환상의 유희, 밤샘의 기록 끝에 새벽빛이 밝아온다. 여전한 현실의 부정 혹은 환상의 환멸과 같은 냉소적 뉘앙스가 마지막 의문 속에 담겨 있다.

Enfance

I

Cette idole, yeux noirs et crin jaune, sans parents ni cour, plus noble que la fable, mexicaine et flamande ; son domaine, azur et verdure insolents, court sur des plages nommées, par des vagues sans vaisseaux, de noms férocement grecs, slaves, celtiques.

À la lisière de la forêt — les fleurs de rêve tintent, éclatent, éclairent, — la fille à lèvre d'orange, les genoux croisés dans le clair déluge qui sourd des prés, nudité qu'ombrent, traversent et habillent les arcs-en-ciel, la flore, la mer.

Dames qui tournoient sur les terrasses voisines de la mer ; enfantes et géantes, superbes noires dans la mousse vert-de-gris, bijoux debout sur le sol gras des bosquets et des jardinets dégelés — jeunes mères et grandes sœurs aux regards pleins de pèlerinages, sultanes, princesses de démarche et de costume tyranniques, petites étrangères et personnes doucement malheureuses.

Quel ennui, l'heure du «cher corps» et «cher cœur».

II

C'est elle, la petite morte, derrière les rosiers. — La jeune maman trépassée descend le perron — La calèche du cousin crie sur le

31

sable — Le petit frère — (il est aux Indes!) là, devant le couchant, sur le pré d'œillets. — Les vieux qu'on a enterrés tout droits dans le rempart aux giroflées.

L'essaim des feuilles d'or entoure la maison du général. Ils sont dans le midi. — On suit la route rouge pour arriver à l'auberge vide. Le château est à vendre ; les persiennes sont détachées. — Le curé aura emporté la clef de l'église. — Autour du parc, les loges des gardes sont inhabitées. Les palissades sont si hautes qu'on ne voit que les cimes bruissantes. D'ailleurs il n'y a rien à voir là-dedans.

Les prés remontent aux hameaux sans coqs, sans enclumes. L'écluse est levée. Ô les calvaires et les moulins du désert, les îles et les meules.

Des fleurs magiques bourdonnaient. Les talus *le* berçaient. Des bêtes d'une élégance fabuleuse circulaient. Les nuées s'amassaient sur la haute mer faite d'une éternité de chaudes larmes.

III

Au bois il y a un oiseau, son chant vous arrête et vous fait rougir.

Il y a une horloge qui ne sonne pas.

Il y a une fondrière avec un nid de bêtes blanches.

Il y a une cathédrale qui descend et un lac qui monte.

Il y a une petite voiture abandonnée dans le taillis, ou qui descend le sentier en courant, enrubannée.

Il y a une troupe de petits comédiens en costumes, aperçus sur la route à travers la lisière du bois.

Il y a enfin, quand l'on a faim et soif, quelqu'un qui vous chasse.

IV

Je suis le saint, en prière sur la terrasse, — comme les bêtes pacifiques paissent jusqu'à la mer de Palestine.

Je suis le savant au fauteuil sombre. Les branches et la pluie se jettent à la croisée de la bibliothèque.

Je suis le piéton de la grand'route par les bois nains ; la rumeur des écluses couvre mes pas. Je vois longtemps la mélancolique lessive d'or du couchant.

Je serais bien l'enfant abandonné sur la jetée partie à la haute mer, le petit valet, suivant l'allée dont le front touche le ciel.

Les sentiers sont âpres. Les monticules se couvrent de genêts. L'air est immobile. Que les oiseaux et les sources sont loin! Ce ne peut être que la fin du monde, en avançant.

V

Qu'on me loue enfin ce tombeau, blanchi à la chaux avec les lignes du ciment en relief — très loin sous terre.

Je m'accoude à la table, la lampe éclaire très vivement ces journaux que je suis idiot de relire, ces livres sans intérêt.

À une distance énorme au-dessus de mon salon souterrain, les maisons s'implantent, les brumes s'assemblent. La boue est rouge ou noire. Ville monstrueuse, nuit sans fin!

Moins haut, sont des égouts. Aux côtés, rien que l'épaisseur du globe. Peut-être des gouffres d'azur, des puits de feu. C'est peut-être sur ces plans que se rencontrent lunes et comètes, mers et fables.

Aux heures d'amertume je m'imagine des boules de saphir, de métal. Je suis maître du silence. Pourquoi une apparence de soupirail blêmirait-elle au coin de la voûte?

Childhood

I

This idol, black eyes and yellow mane, without parents or court, nobler than the fable, Mexican and Flemish ; her domain, insolent azure and verdure, runs over beaches named, by waves without ships, with names fiercely Greek, Slavic, Celtic.

At the edge of the forest — the flowers of dream tinkle, burst, shine, — the girl with orange lip, knees crossed in the clear deluge that gushes from the meadows, nakedness shaded, traversed and clothed by the rainbows, the flora, the sea.

Ladies who twirl on the terraces adjacent to the sea ; childlike and gigantic, superb black in the verdigris moss, jewels upright on the rich soil of the groves and of the thawed small gardens — young mothers and big sisters with eyes full of pilgrimages, sultanas, princesses tyrannical in move and costume, little foreign women and persons tranquilly unhappy.

What an ennui, the hour of the "dear body" and "dear heart".

II

It's she, the little dead girl, behind the rosebushes. — The deceased young mamma descends the front steps — The cousin's carriage cries on the sand — The little brother — (he's in India!) there, in front of the sunset, on the meadow of carnations. — The old men who have been buried upright in the rampart with gillyflowers.

The swarm of golden leaves encircles the general's house. They are in the south. — You follow the red road to arrive at the empty inn. The chateau is for sale ; the shutters are detached. — The priest must have taken the key of the church. — Around the park, the keepers' lodges are uninhabited. The fences are so high that nothing can be seen but the rustling treetops. Besides, there is nothing to see inside.

The meadows goes up to the hamlets without cocks, without anvils. The sluice gate is raised. O the calvaries and the windmills of the desert, the islands and the haystacks.

Magic flowers were buzzing. The slopes cradled *him*. Beasts of a fabulous elegance were moving around. The clouds were accumulating over the high sea made of an eternity of hot tears.

III

In the woods there is a bird, his song stops you and makes you blush.

There is a clock that does not strike.

There is a pool with a nest of white beasts.

There is a cathedral that goes down and a lake that goes up.

There is a little carriage abandoned in the thicket, or that goes running down the path, beribboned.

There is a troupe of little actors in costume, glimpsed on the road through the edge of the woods.

There is finally, when you are hungry and thirsty, someone who chases you away.

IV

I am the saint, at prayer on the terrace, — as the pacific beasts graze down to the sea of Palestine.

I am the scholar in the dark armchair. The branches and the rain hurl themselves at the cross-window of the library.

I am the pedestrian of the highroad through the dwarf woods ; the rumbling of the sluices muffles my steps. I see for a long time the melancholy golden wash of the sunset.

I might well be the child abandoned on the jetty gone to the high sea, the little valet, following the lane whose forehead touches the sky.

The paths are rough. The hillocks are covered with broom. The air est immobile. How far away are the birds and the springs! It can only be the end of the world, ahead.

V

I finally rent this tomb, whitewashed with lines of cement in relief — very far under the ground.

I lean on my elbows on the table, the lamp very vividly lights up these newspapers that I am an idiot to reread, these books of no interest.

At an enormous distance above my subterranean salon, houses take root, fogs gather. The mud is red or black. Monstrous city, night without end!

Less high, are the sewers. At the sides, nothing but the thickness of the globe. Perhaps gulfs of azure, wells of fire. It is perhaps on these plans that moons and comets, seas and fables meet.

In hours of bitterness I imagine balls of sapphire, of metal. I am master of the silence. Why would an appearance of a vent grow pale in the corner of the vault?

이야기

한 **왕자**가 오로지 범속한 아량의 완성에만 진력한 것에 화가 나 있었다. 그는 사랑의 놀라운 혁명을 예견했고, 그의 여인들이 하늘빛 호사롭게 치장된 교태보다 더 나은 것을 할 수 있지 않을까 생각했다. 그는 진실을, 본질적 욕망과 만족의 시간을 보고 싶었다. 그것이 믿음의 착오든 아니든, 그는 원했다. 적어도 그에겐 아주 큰 인간적 능력이 있었다.

그를 알았던 모든 여인들이 살해당했다. 더없이 훼손된 아름다움의 정원! 칼날 아래, 그 여인들은 그를 찬양했다. 그는 결코 새로운 여인들을 명하지 않았다. — 그 여인들은 다시 나타났다.

그를 따르는 모든 이들을, 사냥 혹은 술자리가 끝난 후에, 그는 죽였다. — 모두 그를 따랐다.

그는 호사로운 짐승들을 참수하는 것을 즐겼다. 그는 궁전들을 불태우게 했다. 그는 마구 달려가 사람들을 조각조각 잘랐다. — 군중, 황금 지붕들, 아름다운 짐승들은 여전히 살아 있었다.

파괴 속에서 열광하고, 잔혹함을 통해서 다시 젊어질 수 있는가! 백성들은 웅성대지 않았다. 아무도 그의 안목에 필적하지 못했다.

어느 저녁 그는 의기양양하게 말달리고 있었다. 형언할 수 없는, 고백할 수조차 없는 아름다움을 지닌, 한 **정령**이 나타났

39

다. 그 생김새와 몸가짐에서는 다양하고 복합적인 사랑! 이루 말할 수 없는, 견딜 수조차 없는 행복의 약속이 돋아나왔다! **왕자**와 **정령**은 아마도 본질적 건강 상태에서 스러졌다. 어떻게 그들이 그로 인해 죽지 않을 수 있었겠는가? 그러니까 함께 그들은 죽었다.

그러나 그 **왕자**는 자신의 궁전에서, 통상적 나이에 사망했다. 왕자는 **정령**이었다. **정령**은 **왕자**였다.

조예 깊은 음악이 우리의 욕망에 결핍되어 있다.

이야기

파괴와 창조, 살해와 사랑의 대위법 같은 이 황당한 이야기 또한 환상적 글쓰기의 산물이다. 왕자의 폭력적인 사랑과 무람없는 행동은 유희적인 글쓰기의 반증이다. 외로운 창조의 유희, 외로운 사랑의 유희로부터 온갖 "기괴함"(「H」)이 비롯된다. 묘사의 불가능을 의미하는 수식어들("형언할 수 없는", "이루 말할 수 없는"…)과 자조적이고 모순적인 어법들은 언어의 유희가 이루어지는 한계의 영역을 지시한다.

"왕자"와 "정령"은 각각 환상의 자아와 자아의 이상을 표상한다. 그둘의 분열은 글쓰기의 원인이고, 그 둘의 합일은 그 목적이다. 그 합일, '완전한 사랑'(「정령」)은 사랑과 죽음이 혼동되는 "혼절"(「왕권」)의 순간이고, 언어와 의식이 사라지는 지점이다. 앎이 침묵에 흡수되는 지점, 마지막 문장은 그곳을 가리키고 있다.

Conte

Un Prince était vexé de ne s'être employé jamais qu'à la perfection des générosités vulgaires. Il prévoyait d'étonnantes révolutions de l'amour, et soupçonnait ses femmes de pouvoir mieux que cette complaisance agrémentée de ciel et de luxe. Il voulait voir la vérité, l'heure du désir et de la satisfaction essentiels. Que ce fût ou non une aberration de piété, il voulut. Il possédait au moins un assez large pouvoir humain.

Toutes les femmes qui l'avaient connu furent assassinées. Quel saccage du jardin de la beauté! Sous le sabre, elles le bénirent. Il n'en commanda point de nouvelles. — Les femmes réapparurent.

Il tua tous ceux qui le suivaient, après la chasse ou les libations. — Tous le suivaient.

Il s'amusa à égorger les bêtes de luxe. Il fit flamber les palais. Il se ruait sur les gens et les taillait en pièces. — La foule, les toits d'or, les belles bêtes existaient encore.

Peut-on s'extasier dans la destruction, se rajeunir par la cruauté! Le peuple ne murmura pas. Personne n'offrit le concours de ses vues.

Un soir il galopait fièrement. Un Génie apparut, d'une beauté ineffable, inavouable même. De sa physionomie et de son maintien ressortait la promesse d'un amour multiple et complexe! d'un bonheur indicible, insupportable même! Le Prince et le Génie s'anéantirent probablement dans la santé essentielle. Comment n'auraient-ils pas pu en mourir? Ensemble donc ils moururent.

Mais ce Prince décéda, dans son palais, à un âge ordinaire. Le prince était le Génie. Le Génie était le Prince.

La musique savante manque à notre désir.

Tale

A Prince was vexed at having devoted himself only to the perfection of vulgar generosities. He foresaw astonishing revolutions of love, and suspected his women of being capable to do better than that complaisance adorned by heaven and luxury. He wanted to see the truth, the hour of essential desire and satisfaction. Whether or not this was an aberration of piety, he wanted it. He possessed at least a rather large human power.

All the women who had known him were assassinated. What devastation in the garden of beauty! Under the sword, they blessed him. He did not order any new ones. — The women reappeared.

He killed all those who followed him, after the hunt or the libations. — All followed him.

He amused himself cutting the throats of the beasts of luxury. He made palaces burn. He rushed upon people and hacked them to pieces. — The crowd, the golden roofs, the beautiful beasts still existed.

Can one go into ecstasies over destruction, be rejuvenated by cruelty! The people did not murmur. No one offered the competition of his views.

One evening he was galloping proudly. A Genie appeared, of an ineffable, even unavowable beauty. From his physiognomy and his bearing emerged the promise of a multiple and complex love! of

44

an indescribable, even unbearable happiness! The Prince and the Genie annihilated each other probably in essential health. How could they not have died of it? Together then they died.

But this Prince expired, in his palace, at an ordinary age. The prince was the Genie. The Genie was the Prince.

Masterly music is missing from our desire.

퍼레이드

　아주 건장한 괴인들. 여럿이 당신들의 세계들을 개척했다. 별 욕구 없이, 서두르지 않고, 그들의 빛나는 재능으로 당신들의 의식 실험을 시행했다. 얼마나 원숙한 인간들인가! 여름밤처럼 얼빠진 듯, 검붉고, 삼색에, 금빛 별 박힌 강철 같은 눈들. 일그러지고, 납빛으로, 창백하게, 불탄 듯한 얼굴 모습들. 익살스럽게 쉰 목소리들! 요란한 차림들의 끔찍한 걸음걸이! — 몇몇 젊은이들은 — 그들은 케루비노를 어떻게 바라볼까? — 소름끼치는 목소리에 어떤 위험한 수단까지 갖췄다. 역겹도록 *호사롭게* 치장한 그들은 등을 대주러 시내로 보내진다.

　오 광적으로 일그러진 표정의 가장 난폭한 **낙원**! 당신네 **탁발승들**이나 다른 광대들 놀이와 비교하지 말 것. 나쁜 꿈의 취향 따라 즉흥적으로 맞춘 의상을 입고 그들은 애가, 불한당들의 비극, 그리고 역사나 종교들에는 결코 없었던 영적인 초인들의 비극들을 공연한다. 중국인들, 호텐토트족, 보헤미안들, 멍청이들, 하이에나 족속, 몰록들, 늙은 정신병자들, 음산한 악마들, 그들은 대중적, 모성적 기교에 짐승 같은 자세와 애정 표현들을 뒤섞는다. 그들은 새로운 곡들을 연주하고, "착한 처녀들" 같은 노래들을 부르기도 한다. 음유 시인들, 그들은 장소와 사람들을 변형시키고, 마력 같은 희극을 이용한다. 눈빛이 불타오르고, 피가 노래하고, 뼈대가 확장되고, 눈물과 붉은 핏줄들이 넘쳐흐른다. 그들의 익살 혹은 그들의 공포는 일 분, 혹은 여러 달 내내 지속된다.

나만이 이 야만적인 퍼레이드의 열쇠를 가지고 있다.

퍼레이드

『일류미네이션』의 환상 세계 속에 사는 군상에 대한 또 다른 이야 기다. 그 군상("괴인들", 괴짜들, 우스운 사람들)은 현실 세계의 인간을 풍자적으로 변형한 것이기도 하다. 「이야기」가 주체 중심의 서술이 라면, 「퍼레이드」는 「이야기」에 등장하는 "사람들" 혹은 "짐승들"을 무대에 올려놓고 연출자의 시점에서 묘사한 것 같다. 서두에 언급된 개척자들("여럿")은 어쩌면 앞서간 작가들, 시인들을 암시한다. 프랑 스를 상징하는 "삼색"(삼색기)도 같은 맥락이다. "원숙한"(mûr, 분별 있 는, 사려 깊은)이란 표현은 반어법이다. 그들은 곧 "모든 문학들의 걸 작 연극들을 상연할 무대"(「삶 I」) 속 등장인물이 된다. "원숙한"이란 수식은 동시에 그들의 대척점에 있는 "괴인들"을 가리키는 것으로, 현실 변형에 대한 조롱 섞인 긍정일 수도 있다. "괴인들"의 중심에 있 는 케루비노는 아기천사 게루빔에서 비롯된 인물로 보마르셰의 희곡 이자 모차르트의 오페라인 『피가로의 결혼』에 나온다. 어른도 아이 도 아니고 남성도 여성도 아닌 듯 모호한 그 존재는 시인의 또 다른 분신이다.

시인 혼자 "열쇠를 가지고 있다"고 못박은 이 기괴한 광경을 하나 하나 이해하기란 불가능하다. 시간과 공간의 질서를 벗어난 이 "퍼레 이드"는 "모든 감각의 착란"(1871.5.13, "투시자의 편지")을 통해서 세상 과 문학과 의식의 코드를 뒤튼 작업의 결과이고, "상상할 수 있는 온 갖 일그러진 표정들"(「지옥의 밤」, 『지옥에서 보낸 한 철』)의 결정이다. 반기독교, 반서구, 반세계, 반윤리 및 동성애적 암시가 가득한 것은 그 때문이다. 그것이 "야만"의 의미다.

Parade

Des drôles très solides. Plusieurs ont exploité vos mondes. Sans besoins, et peu pressés de mettre en œuvre leurs brillantes facultés et leur expérience de vos consciences. Quels hommes mûrs! Des yeux hébétés à la façon de la nuit d'été, rouges et noirs, tricolores, d'acier piqué d'étoiles d'or ; des faciès déformés, plombés, blêmis, incendiés ; des enrouements folâtres! La démarche cruelle des oripeaux! — Il y a quelques jeunes, — comment regarderaient-ils Chérubin? — pourvus de voix effrayantes et de quelques ressources dangereuses. On les envoie prendre du dos en ville, affublés d'un *luxe* dégoûtant.

Ô le plus violent Paradis de la grimace enragée! Pas de comparaison avec vos Fakirs et les autres bouffonneries scéniques. Dans des costumes improvisés avec le goût du mauvais rêve ils jouent des complaintes, des tragédies de malandrins et de demi-dieux spirituels comme l'histoire ou les religions ne l'ont jamais été. Chinois, Hottentots, bohémiens, niais, hyènes, Molochs, vieilles démences, démons sinistres, ils mêlent les tours populaires, maternels, avec les poses et les tendresses bestiales. Ils interpréteraient des pièces nouvelles et des chansons «bonnes filles». Maîtres jongleurs, ils transforment le lieu et les personnes, et usent de la comédie magnétique. Les yeux flambent, le sang chante, les os s'élargissent, les larmes et des filets rouges ruissellent.

Leur raillerie ou leur terreur dure une minute, ou des mois entiers.

J'ai seul la clef de cette parade sauvage.

Parade

Very robust oddities. Several have exploited your worlds. With no needs, and in no hurry to put to work their brilliant faculties and their experience of your consciences. What mature men! Eyes vacant like the summer night, red and black, tricolored, steel pierced with gold stars ; facial features deformed, leaden, blanched, burnt ; playful hoarsenesses! The cruel strut of flashy finery! — There are some young ones, — how would they regard Cherubin? — possessed of terrifying voices and some dangerous resources. They are sent to be buggered in the town, rigged out in a disgusting *luxury*.

O the most violent Paradise of enraged grimace! No comparison with your Fakirs and the other theatrical buffooneries. In costumes improvised with nightmarish taste they enact laments, tragedies of brigands and of demigods spirituel as history or religions have never been. Chinese, Hottentots, bohemians, simpletons, hyenas, Molochs, old lunacies, sinister demons, they mix popular, maternal tricks with bestial poses and caresses. They would interpret new pieces and "nice girls" songs. Master jongleurs, they transform place and persons, and use magnetic comedy. Eyes flame, blood sings, bones swell, tears and red trickles flow. Their raillery or their terror lasts a minute, or entire months.

I alone have the key to this savage parade.

앤티크

우아한 목신의 아들! 작은 꽃 열매 화관을 쓴 너의 이마 주위로 너의 눈들이, 그 둥근 보석들이, 움직인다. 갈색 포도주 얼룩진 너의 뺨이 움푹 파인다. 너의 송곳니들이 빛난다. 키타라를 닮은 너의 가슴, 그 금빛 품에 울림소리가 휘돈다. 너의 심장은 이중의 성(性)이 잠들어 있는 그 배 속에서 뛰고 있다. 거닐어라, 밤을 타고, 부드럽게 그 넓적다리를, 그다음 넓적다리를 그리고 그 왼쪽 다리를 움직여라.

앤티크

목신 판(Pan)은 반인반수로 춤과 음악과 욕정의 신이다. 화관과 포도주 얼룩은 "목신의 아들"이 디오니소스 계열임을 나타낸다. "이중의 성" 또한 19세기 프랑스 문학에서 많이 다뤄진 양성 혹은 자웅동체의 신화를 환기한다. 중요한 것은 참조된 기존의 형상들이 아니다. 옛것으로부터 "새로운 육신을 창조"(「고별」, 『지옥에서 보낸 한 철』)하는 글의 '움직임'이다.

형용사 혹은 명사로서, 고대의 작품, 고대의 스타일을 의미하는 제목은 신화를 환기할 뿐 아니라, 신화의 재창조, 그 새로움에 대한 아이러니, 그리고 자조적 뉘앙스까지 내포하고 있다. 그것은 신화적 인물의 형상과 그것을 옮기는 문체와 기록된 시 자체를 동시에 함축한다. 시의 어조는 하나의 조각상을 빚어내는 과정을, 그리고 마치 조물주처럼 그것에 생명을 불어넣는 과정을 연상시킨다. 『일류미네이션』은 이런 상상의 생명체들로 가득하다.

키타라는 리라와 유사한 고대 그리스 현악기다. 시인의 원형인 오르페우스가 상징하듯, 음악은 시의 동인이고 생명의 원천이다. 일종의 "조예 깊은 음악"(「이야기」)의 리듬이 "우아한" 탄생을 기초하고 있는 듯하다.

Antique

Gracieux fils de Pan! Autour de ton front couronné de fleurettes et de baies tes yeux, des boules précieuses, remuent. Tachées de lies brunes, tes joues se creusent. Tes crocs luisent. Ta poitrine ressemble à une cithare, des tintements circulent dans tes bras blonds. Ton cœur bat dans ce ventre où dort le double sexe. Promène-toi, la nuit, en mouvant doucement cette cuisse, cette seconde cuisse et cette jambe de gauche.

Antique

Gracious son of Pan! Around your forehead crowned with flowerets and berries your eyes, precious balls, stir. Stained with brown lees, your cheeks grow hollow. Your fangs gleam. Your breast resembles a cithara, tinklings circulate in your blond arms. Your heart beats in that belly where the double sex sleeps. Walk, at night, gently moving that thigh, that second thigh and that left leg.

아름다운 존재

눈(雪) 앞에 커다란 **미**(美)의 **실체**. 죽음의 휘파람 소리와 희미한 음악의 회오리를 타고 그 사랑스러운 육체는 유령처럼 떠올라, 펼쳐지며 전율한다. 진홍빛 검은 상처들이 그 빛나는 살 속에서 파열한다. 생명 고유의 색채들이 작업대 위, 그 **환영** 주위로, 짙게 달라붙어 춤추며 발산된다. 전율이 솟구쳐 울리고, 그 과시의 광포한 풍미에, 세상이 멀리 우리 뒤편에서, 우리 미의 모체를 향해 던지는 치명적 휘파람 소리와 거친 음악 소리가 온통 몰려든다, — 그녀는 물러난다, 그녀는 솟아난다. 오! 우리의 뼈는 새로운 사랑의 육체로 갈아입는다.

* * *

오 잿빛 얼굴, 말총 방패무늬, 수정의 팔! 뒤엉킨 나무들과 가벼운 공기를 가로질러 내가 달려들어야만 할 카논!

아름다운 존재

「앤티크」와 작업의 착상은 같지만, 리듬과 호흡은 훨씬 급박하다. 우아함 대신 격렬함이 지배한다. 죽음과 생명의 결합 혹은 분열이 역동성의 근거다. "환영"을 "미의 실체"로 육화하는 "작업" 과정은 죽음으로부터 삶을 분리하는 모태의 원리를 내포한다. 잉태된 작품이 "미의 모체"라는 역설이 특히 난해한 부분이다. 영어 제목(Being Beauteous)은 존재와 진행성을 동시에 함축한다. 삶과 죽음, 탄생과 소멸, 확산과 무화의 변증법적 유희가 그 존재의 환영과 환영에 사로잡힌 존재를 하나로 묶는다. 꿈의 대상이 꿈꾸는 주체를 변형한다. 마지막 "사랑"의 탄성은 그 이중의 환상 속에서 이루어지는 순간적 합일을 나타낸다. 이어지는 침묵은 랭보 특유의 격렬한 상상력의 필연적 귀결이다.

* * *

이 짧은 구절은 「아름다운 존재」의 에필로그다. 제목 대신 기록된 세 개의 별표는 환상의 소멸 혹은 침묵의 표식이다. 작업대 위에서 생명체로 타오르던 환영은 사라지고 남은 것은 잔해뿐이다. "카논"으로 번역된 단어(canon)에는 많은 의미가 담겨 있다. 교회 법령, 예술 기법, 미의 규범, 이상적 인체의 비율, 대위법 악곡, 술잔, 대포 포신 등. "공기"의 원어(air)에도 "노래", "곡조" 같은 음악적 의미가 있다. 미학적 "규범"은 "미의 모체"와 연관된 의미이고 『일류미네이션』

의 글쓰기 작업의 반복적 지향점이다. "방패"와 혼전(뒤엉킴), 대포 등의 의미망은 작업의 치열함을 함축하며 다른 시편에서 전투(「메트로폴리탄」), 추적(「새벽」), 파괴(「야만」) 등의 형태로 나타난다.

Being Beauteous

Devant une neige un Être de Beauté de haute taille. Des sifflements de mort et des cercles de musique sourde font monter, s'élargir et trembler comme un spectre ce corps adoré ; des blessures écarlates et noires éclatent dans les chairs superbes. Les couleurs propres de la vie se foncent, dansent, et se dégagent autour de la Vision, sur le chantier. Et les frissons s'élèvent et grondent et la saveur forcenée de ces effets se chargeant avec les sifflements mortels et les rauques musiques que le monde, loin derrière nous, lance sur notre mère de beauté, — elle recule, elle se dresse. Oh! nos os sont revêtus d'un nouveau corps amoureux.

* * *

Ô la face cendrée, l'écusson de crin, les bras de cristal! le canon sur lequel je dois m'abattre à travers la mêlée des arbres et de l'air léger!

Being Beauteous

Against snow, a Being of Beauty of high stature. Whistlings of death and circles of muffled music make this adored body rise, swell and tremble like a specter ; scarlet and black wounds burst in the superb flesh. Life's own colors deepen, dance, and release themselves around the Vision, on the worktable. And shivers arise and roar and the frenzied flavor of these effects becoming charged with the mortal whistlings and the harsh musics that the world, far behind us, hurls at our mother of beauty, — she retreats, she rears up. Oh! our bones are reclothed with an amorous new body.

* * *

O the ashen face, the escutcheon of mane, the arms of crystal! the canon on which I must swoop down through the tangle of trees and light air!

삶들

I

오 신성한 나라의 거대한 거리들, 신전의 테라스들! 내게 잠언을 설명해주던 브라만은 어떻게 되었나? 그때, 그곳, 옛 여인들이 아직도 보이는데! 강물 따라 흐르던 은빛 햇빛 시간들, 내 어깨 위에 내린 평원의 손길, 그리고 후추 냄새 나는 벌판에 서서 나눴던 우리의 애무들이 기억난다. ― 진홍빛 비둘기들의 비상이 내 생각 주위로 천둥처럼 울린다. ― 이곳으로 밀려났지만 나에게는 모든 문학들의 걸작 연극들을 상연할 무대가 있었다. 들어본 적도 없는 풍요로움을 당신들에게 보여주겠다. 당신들이 찾아낸 보물들에 관한 이야기를 내가 주시하고 있다. 그 뒷얘기가 보인다! 나의 예지는 혼돈만큼 무시된다. 당신들을 기다리는 경악에 비한다면, 나의 무(無)는 무엇인가?

II

나는 앞서간 모든 이들보다 훨씬 더 찬양받을 만한 창조자다. 사랑의 열쇠 같은 무언가를 찾은, 음악가라고나 할까. 지금은, 소박한 하늘 아래 싸한 들판의 귀족이 되어, 게걸스러운 유년기, 수련기 혹은 서툰 초창기, 논쟁들, 대여섯 번의 독신, 그리고 내 강한 머리가 동료들과 장단 맞춰 오르는 것을 막던 몇 번의 혼례 등의 추억에 감응하려 애쓰고 있다. 신적인 쾌활함을 지녔던 나의 옛 면모를 아쉬워하지는 않지만, 이 싸한 들판의 소박한 공기가 아주 열심히 나의 끔찍한 회의주의를 북돋운다. 그래도 이 회의주의가 이제 더는 사용될 수 없고, 또 나는 새로운 혼란에 몰두해 있으므로, ― 나는 아주 심술궂은 광인이 되기를 기다린다.

III

열두 살에 갇힌 다락방에서 나는 세상을 알았고, 인간 희극을 풀이했다. 지하 저장실에서 나는 역사를 익혔다. 북방의 어느 도시 어느 축제의 밤에 나는 옛 화가들의 모든 여인들을 만났다. 파리의 어느 낡은 샛길에서 나는 고전 학문들을 배웠다. 온통 동방으로 에워싸인 웅장한 저택에서 나는 광대한 작품을 완성하고 눈부신 은퇴를 이행했다. 나는 내 피를 빚어냈다. 내 의무는 면제되었다. 더 이상 그것을 생각조차 해선 안 된다. 나는 실제로 사후에 속해 있고, 용무란 없다.

삶들

복수로 된 제목이 암시하듯, 시는 존재의 여러 "다른" 삶들, 삶 속의 꿈들, 꿈속의 삶들을 그린다. 「유년기」에서 그렇듯 현실과 꿈, 상상과 회상과 현재가 공존한다. 다만 「삶들」의 문체는 더 서술적이다. 전반적으로 꿈의 역동성보다 현실로의 전환과 이완된 삶의 권태가 두드러진다.

I

거대한 꿈의 건축물의 잔해들, 환영의 잔상들이 현실 속 "나"의 주위를 떠돈다. 그 화려한 환상들을 기록하는 것이 "나"의 일이고 "예지"다. 그러나 작품으로 옮겨지지 않는다면 꿈의 "풍요로움"은 한낱 "무"일 뿐이다. 옮겨진다 해도 무지와 "무시"로 인해 허무한 것일 뿐이라는 뉘앙스도 있다.

II

"나"는 꿈과 꿈 사이에서 새로운 꿈으로의 진입을 기다린다. "음악", "사랑", "혼란", "광기" 등은 꿈꾸는 삶의 다른 이름들이다. "다른 삶"을 기다리는 동안, 유년기의 습작에서부터 파리 문단에서의 교우와 결별 등 지나온 현실의 삶이 별 감흥 없이, 실감 없이 스쳐간다. "사용"하다로 번역된 표현(mettre en oeuvre)은 문자 그대로 옮기면 "작품화"한다는 의미다.

III

엄한 홀어머니의 구속 아래 엄청난 독서를 했던 유년의 기억이 깃들어 있다. "인간 희극"(la comédie humaine)은 인간 사회를 망라하는 발자크 작품의 총칭이고 단테의 『신곡』(Divina commedia)에 대응하는 개념이다. "모든 문학들의 걸작 연극들"을 내포하는 "광대한 작품"의 완성 욕구와 "회의주의" 혹은 허무주의 혹은 권태의 갈등은 지속된다. "면제되다"로 번역된 단어(remis)에는 '되돌려지다', '다시 주어지다'라는 반대 의미도 있다.

Vies

I

Ô les énormes avenues du pays saint, les terrasses du temple! Qu'a-t-on fait du brahmane qui m'expliqua les Proverbes? D'alors, de là-bas, je vois encore même les vieilles! Je me souviens des heures d'argent et de soleil vers les fleuves, la main de la campagne sur mon épaule, et de nos caresses debout dans les plaines poivrées. — Un envol de pigeons écarlates tonne autour de ma pensée. — Exilé ici j'ai eu une scène où jouer les chefs-d'œuvre dramatiques de toutes les littératures. Je vous indiquerais les richesses inouïes. J'observe l'histoire des trésors que vous trouvâtes. Je vois la suite! Ma sagesse est aussi dédaignée que le chaos. Qu'est mon néant, auprès de la stupeur qui vous attend?

II

Je suis un inventeur bien autrement méritant que tous ceux qui m'ont précédé ; un musicien même, qui ai trouvé quelque chose comme la clef de l'amour. À présent, gentilhomme d'une campagne aigre au ciel sobre, j'essaie de m'émouvoir au souvenir de l'enfance mendiante, de l'apprentissage ou de l'arrivée en sabots, des polémiques, des cinq ou six veuvages, et quelques noces où ma forte tête m'empêcha de monter au diapason des camarades. Je ne regrette pas ma vieille part de gaîté divine : l'air sobre de cette aigre campagne alimente fort activement mon atroce scepticisme. Mais comme ce scepticisme ne peut désormais être mis en œuvre, et que d'ailleurs je suis dévoué à un trouble nouveau, — j'attends de devenir un très méchant fou.

III

Dans un grenier où je fus enfermé à douze ans j'ai connu le monde, j'ai illustré la comédie humaine. Dans un cellier j'ai appris l'histoire. À quelque fête de nuit dans une cité du Nord j'ai rencontré toutes les femmes des anciens peintres. Dans un vieux passage à Paris on m'a enseigné les sciences classiques. Dans une magnifique demeure cernée par l'Orient entier j'ai accompli mon immense œuvre et passé mon illustre retraite. J'ai brassé mon sang. Mon devoir m'est remis. Il ne faut même plus songer à cela. Je suis réellement d'outre-tombe, et pas de commissions.

Lives

I

O the enormous avenues of the holy land, the terraces of the
temple! What has become of the Brahman who explained the
Proverbs to me? From that time, from that place, I still see even the
old women! I remember the hours of silver and sunlight toward the
rivers, the hand of the country on my shoulder, and our caresses
standing on the pepper-scented plains. — A flight of scarlet
pigeons thunders around my thought. — Exiled here I have had a
stage where to play the dramatic masterpieces of all literatures. I
would indicate to you the unheard-of richness. I observe the story
of the treasures you found. I see what follows! My wisdom is as
much disdained as chaos. What is my nothingness, compared to
the stupor that awaits you?

II

I am an inventor far more deserving than all those who have
preceded me ; a musician, moreover, who has found something
like the key of love. At present, a gentleman of a sharp country
with a sober sky, I try to be moved by the memory of the begging

childhood, of the apprenticeship or the arrival in wooden shoes, of the polemics, of the five or six widowings, and some weddings at which my strong head kept me from rising to the pitch of the comrades. I do not regret my old part of divine gaiety : the sober air of this sharp country feeds quite actively my atrocious scepticism. But as this scepticism cannot henceforth be put to use, and since, furthermore, I am devoted to a new turmoil, — I wait to become a very malicious madman.

III

In an attic where I was locked up at the age of twelve I knew the world, I illustrated the human comedy. In a cellar I learned the history. At some nighttime feast in a city of the North I met all the women of the ancient painters. In an old lane in Paris I was taught the classical sciences. In a magnificent residence surrounded by the entire Orient I accomplished my immense work and passed my illustrious retirement. I brewed my blood. My duty has been remitted. I must not even think of that anymore. I am really from beyond the grave, and no commitments.

출발

충분히 보았다. 환영은 온갖 모습으로 나타났다.

충분히 접했다. 도시들의 소음, 저녁, 햇빛 속, 그리고 언제나.

충분히 알았다. 정지된 삶의 순간들. ― 오 **소음들**과 **환영들**!

새로운 애정과 소리 속으로 출발!

출발

"모습"으로 번역된 단어(airs)에는 "공기"나 "노래"라는 의미도 있다. 세 가지 의미 모두 환상의 징후를 나타낸다. 꿈의 환영들은 어디서나, 언제나, 생의 소음과 함께 나타난다. "출발"은 새로운 꿈으로의 몰입과 권태로운 현실로부터의 떠남을 동시에 환기한다.

Départ

Assez vu. La vision s'est rencontrée à tous les airs.

Assez eu. Rumeurs des villes, le soir, et au soleil, et toujours.

Assez connu. Les arrêts de la vie. — Ô Rumeurs et Visions!

Départ dans l'affection et le bruit neufs!

Departure

Seen enough. The vision was met with in all airs.

Had enough. Sounds of cities, in the evening, and in the sun, and always.

Known enough. The stops of life. — O Sounds and Visions!

Departure in new affection and noise!

왕권

어느 날 아침, 아주 유순한 백성들 나라에, 눈부신 남녀가 광장에 나타나 소리쳤다. "내 친구들이여, 나는 이 여인이 왕비가 되길 원한다!" "나는 왕비가 되길 원한다!" 그녀는 웃으며 전율했다. 그는 친구들에게 계시에 대하여, 시험의 종결에 대하여 말했다. 그들은 몸을 맞대고 혼절했다.

실제로, 주홍빛 휘장들이 집들 위로 들춰지는 아침나절 내내, 그리고 그들이 종려나무 정원 쪽으로 나아가는 오후 내내, 그들은 왕이 되었다.

왕권

　"왕자"와 "정령"의 합일을 그린 「이야기」와 맥락이 같다. 전율과 포옹 속에 질식하는 남녀의 "사랑"은 「아름다운 존재」를 연상시키기도 한다. "혼절"은 곧 절정의 순간이다. 각각 아침 햇살과 태양을 환기하는 "주홍빛 휘장들"과 "종려나무"는 그 영광스러운 순간을 연장하는 상징이다.

Royauté

Un beau matin, chez un peuple fort doux, un homme et une femme superbes criaient sur la place publique, «Mes amis, je veux qu'elle soit reine!» «Je veux être reine!» Elle riait et tremblait. Il parlait aux amis de révélation, d'épreuve terminée. Ils se pâmaient l'un contre l'autre.

En effet ils furent rois toute une matinée où les tentures carminées se relevèrent sur les maisons, et toute l'après-midi, où ils s'avancèrent du côté des jardins de palmes.

Royalty

One fine morning, in the country of a very gentle people, a superb man and woman shouted in the public square. "My friends, I want her to be queen!" "I want to be queen!" She laughed and trembled. He spoke to friends of revelation, of trials terminated. They swooned against each other.

In fact they were monarchs for a whole morning, while crimson hangings were raised on the houses, and for a whole afternoon, while they made their way toward the gardens of palm trees.

이성에게

너의 손가락이 북을 두드리면 온갖 소리 쏟아지고 새로운 조화가 시작된다.

너의 발걸음은 곧 새로운 인간들의 기상과 행진이다.

네가 고개를 돌리면, 새로운 사랑! 네가 고개를 되돌리면, — 새로운 사랑!

이 아이들은 너에게 노래한다. "우리의 운명을 바꿔줘, 시간을 비롯하여, 재앙들을 걸러줘." 사람들은 너에게 부탁한다. "어디에든 우리의 운과 소원의 실체를 세워줘."

언제나 그렇게 나타나, 넌 어디로나 가버린다.

이성에게

여기서 "이성"은 제목의 부정관사(une, 하나의, 어느)가 나타내듯 우리가 알고 있는 정해진 것, 규정된 것이 아니다. 청원하는 어조는 대혁명 시기에 교회의 권위를 대체했던 "이성 숭배"를 연상시키기도 한다. 어쩌면 서구의 혹은 보편 인간의 합리적 원리와는 다른 어떤 원천적 힘을 가리키는 것일 수도 있다. 꿈의 혼돈, 환상의 혼란에 질서를 부여할 열쇠일까. "대홍수 이후" 다시 혼탁해진 세상을 구원할 빛일까. "인간들"을 쇄신할 힘일까? 새로운 조화로운 세계에의 염원이 담긴 것은 분명하다. 새로운 "이성"은 마지막 시 「정령」에서 구원자의 묘사 속에 포함되어 있다. "그는, 완벽하게 재창조된 척도이자 경이로운 뜻밖의 이치(이유, 이성, raison)인, 사랑이고, 그리고 영원"이다.

A une Raison

Un coup de ton doigt sur le tambour décharge tous les sons et commence la nouvelle harmonie.

Un pas de toi, c'est la levée des nouveaux hommes et leur en-marche.

Ta tête se détourne : le nouvel amour! Ta tête se retourne, — le nouvel amour!

«Change nos lots, crible les fléaux, à commencer par le temps», te chantent ces enfants. «Élève n'importe où la substance de nos fortunes et de nos vœux» on t'en prie.

Arrivée de toujours, qui t'en iras partout.

To a Reason

A tap of your finger on the drum discharges all the sounds and starts the new harmony.

A step of yours is the rising of new men and their marching.

Your head turns aside : the new love! Your head turns back, — the new love!

"Change our lots, sieve the plagues, beginning with time", these children sing to you. "Raise no matter where the substance of our fortunes and our wishes", they beg you.

Having arrived from always, you'll go away everywhere.

도취의 아침

오 *나의 선*(善)! 오 *나의 미*(美)! 나를 전혀 비틀거리게 하지 않는 잔혹한 팡파르! 환상의 받침대! 전대미문의 작품과 경이로운 육체를 위해 환호하라, 처음으로! 이것은 아이들의 웃음으로 시작되었고, 그 웃음으로 끝날 것이다. 이 독(毒)은, 팡파르가 변하여 우리가 예전의 부조화로 되돌아가더라도, 우리의 혈관 속 곳곳에 남아 있을 것이다. 오 지금, 우리에게 합당한 이 고통들! 창조된 우리의 육체와 우리의 영혼에 가해진 이 초인간적 약속을 열렬하게 모아들이자, 이 약속, 이 착란을! 우아함, 박식함, 난폭함! 우리의 아주 순수한 사랑을 인도하도록, 선악의 나무를 어둠 속에 묻고, 압제적인 정숙함을 추방하겠다는 약속을 우리는 받았다. 이것은 약간의 거부감으로 시작되었고, 그리고 끝난다, — 이 영원을 즉석에서 움켜쥘 수는 없기에 — 이것은 패주하는 향기들로 끝난다.

아이들의 웃음, 노예들의 신중함, 처녀들의 엄숙함, 이곳 형상들과 사물들의 혐오감, 모두 이 철야의 기억으로 신성해질지어다. 이것은 온갖 상스러움으로 시작되었고, 이제 불과 얼음의 천사들로 끝난다.

도취의 짧은 철야, 성스러운 밤! 네가 우리에게 베풀어 준 마스크 덕분이었을 뿐이라 하더라도. 우리는 너를 확신한다, 방법이여! 어제 네가 우리 각각의 세대를 축복해 주었음을 우리는 잊지 않는다. 우리는 독을 믿는다. 우리는 매일 우리의 삶을 온통 내맡길 줄 안다.

　이제 *암살자*들의 시간이다.

도취의 아침

「아름다운 존재」가 전형적으로 묘사하는 격한 절정의 순간을 이 시는 긴 호흡으로 옮기고 있다. 지속의 열쇠는 해시시(haschich)다. 마지막 단어 "암살자"(assassin)는 유사 음운과 어원적 연상을 통해 그것을 암시한다. 십자군 당시 이슬람의 광신 분파인 이스마일의 비밀 결사는 해시시를 피우고 환각 상태에서 암살에 투입되었다는 사실에서 그 명칭이 비롯되었다고 한다. "독", "고통", "착란" 등의 표현과 전반적 환희의 어조도 같은 맥락에서 이해될 수 있다. 랭보는 이 "방법"을 통해서 일찍이 보들레르가 "시간에게 학대받는 노예"에서 벗어나기 위하여 술이든 시든, 덕 혹은 약의 힘(vertu)이든, 어떻게든 "도취"에 빠지라고 한 권고를 실천하는 셈이다(「도취하라」, 『파리의 우울』). 고통과 환희가 교차하는 모든 감탄과 수식은 시간의 압제에서 벗어난 상태, 선악과 죄의식을 초월한 순수의 상태를 가리킨다. 후렴처럼 반복되는 아이들의 소리는 「이성에게」에서 보듯 새로운 삶, "새로운 조화"와 "새로운 사랑"을 환기한다. 그 삶과 사랑은 기독교적 원죄에서의 해방이라는 "초인간적 약속"을 전제로 한다.

도취 속 존재의 쇄신은 그러나 무한정 지속되지 않는다. 랭보의 먼 후계자 중 하나인 미쇼(Michaux)의 말처럼, "환각제는 고유의 낙원으로 우리를 괴롭힌다. […] 우리는 한 백 년 낙원에 있을 수는 없다". 강조된 마지막 말은 마지막 비명처럼 다시 침묵 속에 잠긴다.

Matinée d'ivresse

Ô *mon* Bien! Ô *mon* Beau! Fanfare atroce où je ne trébuche point! chevalet féerique! Hourra pour l'œuvre inouïe et pour le corps merveilleux, pour la première fois! Cela commença sous les rires des enfants, cela finira par eux. Ce poison va rester dans toutes nos veines même quand, la fanfare tournant, nous serons rendu à l'ancienne inharmonie. Ô maintenant nous si digne de ces tortures! rassemblons fervemment cette promesse surhumaine faite à notre corps et à notre âme créés : cette promesse, cette démence! L'élégance, la science, la violence! On nous a promis d'enterrer dans l'ombre l'arbre du bien et du mal, de déporter les honnêtetés tyranniques, afin que nous amenions notre très pur amour. Cela commença par quelques dégoûts et cela finit, — ne pouvant nous saisir sur-le-champ de cette éternité, — cela finit par une débandade de parfums.

Rire des enfants, discrétion des esclaves, austérité des vierges, horreur des figures et des objets d'ici, sacrés soyez-vous par le souvenir de cette veille. Cela commençait par toute la rustrerie, voici que cela finit par des anges de flamme et de glace.

Petite veille d'ivresse, sainte! quand ce ne serait que pour le masque dont tu nous as gratifié. Nous t'affirmons, méthode! Nous n'oublions pas que tu as glorifié hier chacun de nos âges. Nous avons foi au poison. Nous savons donner notre vie tout entière tous les jours.

Voici le temps des *Assassins*.

Morning of Drunkenness

O *my* Good! O *my* Beautiful! Atrocious fanfare in which I do not stumble at all! rack of enchantment! Hurrah for the unheard-of work and for the marvelous body, for the first time! It began under the laughter of children, it will end with it. This poison will remain in all our veins even when, the fanfare turning, we shall be given back to the former disharmony. O now let us, so deserving of these tortures! fervently gather up this superhuman promise made to our created body and soul : this promise, this madness! Elegance, science, violence! They promised us to bury in darkness the tree of good and evil, to banish the tyrannical faithfulness, so that we might bring our very pure love. It began with some disgust and it ends, — since we cannot grasp at once this eternity, — it ends with a rout of perfumes.

Laughter of children, discretion of slaves, austerity of virgins, horror of figures and objects here, may you be consecrated by the memory of this vigil. It began with all boorishness, now it ends with angels of flame and ice.

Little vigil of drunkenness, holy! were it only for the mask which you have bestowed on us. We affirm you, method! We do not forget that you glorified yesterday each of our ages. We have faith in the poison. We know how to give our whole life every day.

Now is the time of the *Assassins*.

단장들

세상이 놀란 우리 네 개의 눈에 단 하나의 검은 숲으로, ―
충실한 두 아이에게 하나의 해변으로, ― 우리의 맑은 공감에
하나의 음악의 집으로 환원될 때, ― 나 그대를 찾으리라.

이 세상에 홀로, 평온하고 아름답게, "전대미문의 호사"로
둘러싸인, 한 노인밖에 없을 때, ― 나 그대에게 무릎 꿇으리
라.

나 그대의 모든 추억을 구현했을 때, ― 그대를 묶을 수 있
게 될 때, ― 나 그대를 질식시키리라.

―――――――

우리가 아주 강할 때, ― 누가 물러설까? 아주 즐거울 때, 누
가 조롱거리가 될까? 우리가 아주 심술궂을 때, 누가 우리를
어떻게 할 수 있을까.

치장하라, 춤추어라, 웃어라. ― 나는 결코 **사랑**을 창밖으로
내보낼 수 없으리라.

―――――――

― 나의 동무여, 거지, 괴물 같은 아이여! 너에겐 아무 상관
없겠지, 이 불행한 여인들, 이 수작업들, 그리고 나의 걱정거리

들. 너의 불가해한 목소리로 우리에게 결속하라, 이 비루한 절
망을 유일하게 달래주는 너, 너의 목소리로!

단장들

　제목의 역어 단장(短章)은 짧은 시가 혹은 문장을 가리킨다. 원제 (phrases) 속에도 문장이라는 첫 번째 의미 외에 악절이라는 의미가 포함되어 있다. 제목이 무심히 드러내듯, 이 시의 형식 혹은 리듬은 내용과 밀접한 관계가 있다. 시는 두 개의 선에 의해 세 부분으로 나뉘어 있고, 각 부분의 별행(산문의 문단에 해당되는 줄바꿈)의 수는 순차적으로(3—2—1) 줄어든다. 마찬가지로 첫 부분의 세 별행을 구성하는 문장의 길이도 비슷한 비례로 줄어든다. 그 형태적 수축은 첫 별행의 내용 속에 예시되어 있다. "네 개의 눈"에서 "두 아이", 그리고 둘이 하나가 되는 "공감"으로 이어지는 4—2—1의 진행이 그것이다. 시 전체를 관류하는 테마는 결국 합일이다. 텍스트의 첫 부분이 합일을 추구하는 움직임을 표상한다면, 두 번째 부분은 합일의 현시 혹은 희망이며, 마지막 부분은 다시 해체를 암시한다. 군데군데 나타나는 남녀 성의 교착은 합일의 환상을 반영한다.

　여기서 "동무", "거지" "아이"로 불리는 합일의 대상은 시집 곳곳에서 여러 가지 형태로 나타난다. 이 시에서처럼 심리적 이완 상태에서는 "약혼한 고아", "내 여자"(「노동자들」)로 불리기도 하고, 그와 달리 확장 국면에서는 "왕비"(「왕권」)나 "여신"(「새벽」)으로 나타나기도 하고, 역동적 상상력이 팽배한 곳에서는 "미의 모체"(「아름다운 존재」)로 현시되기도 한다. 『일류미네이션』에 등장하는 많은 여성적 음영 혹은 이름들은 시인의 상상적 구심점이다.

Phrases

Quand le monde sera réduit en un seul bois noir pour nos quatre yeux étonnés, — en une plage pour deux enfants fidèles, — en une maison musicale pour notre claire sympathie, — je vous trouverai.

Qu'il n'y ait ici-bas qu'un vieillard seul, calme et beau, entouré d'un «luxe inouï», — et je suis à vos genoux.

Que j'aie réalisé tous vos souvenirs, — que je sois celle qui sait vous garrotter, — je vous étoufferai.

———————

Quand nous sommes très forts, — qui recule? très gais, qui tombe de ridicule? Quand nous sommes très méchants, que ferait-on de nous?

Parez-vous, dansez, riez. — Je ne pourrai jamais envoyer l'Amour par la fenêtre.

———————

— Ma camarade, mendiante, enfant monstre! comme ça t'est égal, ces malheureuses et ces manœuvres, et mes embarras. Attache-toi à nous avec ta voix impossible, ta voix! unique flatteur de ce vil désespoir.

Phrases

When the world has been reduced to a single dark wood for our four astonished eyes, — to a beach for two faithful children, — to a musical house for our clear sympathy, — I will find you.

Should there be nothing on earth but a single old man, calm and beautiful, surrounded by an "unheard-of luxury", — and I am at your feet.

Should I have realized all your memories, — should I be she who knows how to tie you up, — I will suffocate you.

————————

When we are very strong, — who retreats? very merry, who collapses from ridicule? When we are very malicious, what would they do with us.

Adorn yourself, dance, laugh. — I will never be able to send Love out the window.

————————

— My comrade, beggar girl, monster child! how indifferent you are to these unhappy women and these maneuvers, and my difficulties. Attach yourself to us with your impossible voice, your voice! unique flatterer of this vile despair.

[단장들]

칠월, 어느 흐린 아침. 재 향기가 허공에 감돈다. ─ 아궁이에서 땀 흘리는 나무 냄새, ─ 물에 잠긴 꽃들 ─ 훼손된 산책길들 ─ 들판에 퍼지는 운하의 물안개 ─ 어느덧 장난감과 향불도 나오지 않을까?

* * *

나는 종탑에서 종탑으로 밧줄을, 창문에서 창문으로 꽃 줄을, 별에서 별로 금 사슬을 잇고, 그리고 춤춘다.

* * *

높은 곳 연못에서는 계속 연기가 난다. 어떤 마녀가 흰색 석양 위로 솟아날까? 어떤 보라색 나뭇잎들이 내려올까?

* * *

공공 기금이 우애의 축제로 흩어져 내릴 때, 구름 속에는 장밋빛 불의 종이 울린다.

* * *

기분 좋은 먹 향기 흩날리며 검은 가루가 나의 밤샘 위로 조용히 비 내린다. — 나는 등 불빛을 낮추고, 침대 위로 몸을 던진다. 그리고 어둠을 향해 돌아누우면 그대들이 보인다, 나의 딸들! 나의 여왕들이여!

[단장들]

　이 다섯 토막글의 제목은 따로 없다. 편의상 [원고 12면의 텍스트]라고 불리기도 한다. 그러나 내용이나 형식은 앞의 제목 "단장들"에 부합한다. 또 다른 "공감"을 향한 기다림 혹은 새로운 영감의 도래에 대한 예감이 담겨 있다. 다섯 개의 단장 가운데 첫 번째와 세 번째 글이 이완된 상상력의 국면을 나타내는 반면, 두 번째와 네 번째 글은 다소 역동적이다. 마지막 단장은 새로운 "놀람"으로 이어진다. "나의 딸들", "나의 여왕들"은 욕망의 글쓰기 속에서 태어나는 형체들, 무의식의 깊이를 지배하는 여성적 실체들이다.

[Phrases]

Une matinée couverte, en Juillet. Un goût de cendres vole dans l'air ; — une odeur de bois suant dans l'âtre, — les fleurs rouies — le saccage des promenades — la bruine des canaux par les champs — pourquoi pas déjà les joujoux et l'encens?

* * *

J'ai tendu des cordes de clocher à clocher ; des guirlandes de fenêtre à fenêtre ; des chaînes d'or d'étoile à étoile, et je danse.

* * *

Le haut étang fume continuellement. Quelle sorcière va se dresser sur le couchant blanc? Quelles violettes frondaisons vont descendre?

* * *

Pendant que les fonds publics s'écoulent en fêtes de fraternité, il sonne une cloche de feu rose dans les nuages.

* * *

Avivant un agréable goût d'encre de Chine une poudre noire pleut doucement sur ma veillée. — Je baisse les feux du lustre, je me jette sur le lit, et tourné du côté de l'ombre je vous vois, mes filles! mes reines!

[Phrases]

One overcast morning, in July. A taste of ashes flies in the air ; — a smell of wood sweating in the hearth, — the retted flowers — the devastation of the promenades — the mist of the canals over the fields — why not already toys and incense?

* * *

I have stretched ropes from bell tower to bell tower ; garlands from window to window ; chains of gold from star to star, and I dance.

* * *

The high pool fumes continually. What sorceress is going to rear up on the white sunset? What violet foliages are going to fall?

* * *

While public funds fall down in feasts of fraternity, a bell of rosy fire rings in the clouds.

* * *

Reviving a pleasant taste of China ink, a black powder rains gently on my vigil. — I lower the lights of the luster, I throw myself on the bed, and turned toward the darkness, I see you, my daughters! my queens!

노동자들

오 이월의 따뜻한 아침. 때아닌 남풍이 부조리한 빈곤의 기억들을, 우리 젊은 날의 불행을 되살려 주었다.

엔리카는 지난 세기에 입었음 직한, 흰색과 갈색의 체크무늬 면 치마를 입고, 리본 모자를 쓰고, 비단 스카프를 두르고 있었다. 상복보다도 더 서글픈 모습이었다. 우리는 교외를 한 바퀴 돌았다. 날씨는 흐렸고, 그 남쪽 바람이 황폐한 정원들과 메마른 들판들의 온갖 고약한 냄새들을 불러일으켰다.

그것이 나만큼 내 여자를 피곤하게 하지는 않았던 것 같다. 꽤나 높은 오솔길에 지난달 홍수가 남겨놓은 한 웅덩이에서 그녀는 아주 작은 물고기들을 가리켜 보였다.

도시는, 연기와 작업 소음과 함께, 아주 멀리까지 우리가 가는 길을 따라왔다. 오 다른 세상, 하늘과 나무 그늘들로 축복받은 거처! 남풍은 내 유년기의 불행한 사건들, 여름의 절망들, 그리고 운명이 나로부터 항상 멀어지게 만드는 힘과 지식의 무시무시한 분량을 일깨웠다. 아니! 우리는 결코 약혼한 고아들일 수밖에 없는 이 인색한 고장에서 여름을 보내지 않을 것이다. 나는 이 굳어진 팔이 더 이상 *친애하는 이미지*를 끌고 가지 않기를 원한다.

노동자들

어조는 그 어느 때보다 침울하다. 빈곤과 소외, 쇠약의 모습은 가령 절정의 합일을 구가하는 「왕권」과 정반대다. 슬픈 옷차림, 황폐한 교외의 풍경, 웅덩이의 작은 물고기들, 삭막한 도시 등 모든 것이 창조적 상상력의 침체 국면을 나타낸다. 상상 속의 "다른 세상"은 아주 멀리 있다. 마지막 문장, 강조된 표현은 익숙한 자조적 반전을 담고 있다. 북유럽의 여성 이름으로 불리는 "나"의 여자, "나"의 약혼녀는 귀하지만 결국 한낱 "이미지"일 뿐이다.

Ouvriers

Ô cette chaude matinée de février. Le Sud inopportun vint relever nos souvenirs d'indigents absurdes, notre jeune misère.

Henrika avait une jupe de coton à carreau blanc et brun, qui a dû être portée au siècle dernier, un bonnet à rubans, et un foulard de soie. C'était bien plus triste qu'un deuil. Nous faisions un tour dans la banlieue. Le temps était couvert et ce vent du Sud excitait toutes les vilaines odeurs des jardins ravagés et des prés desséchés.

Cela ne devait pas fatiguer ma femme au même point que moi. Dans une flâche laissée par l'inondation du mois précédent à un sentier assez haut elle me fit remarquer de très petits poissons.

La ville, avec sa fumée et ses bruits de métiers, nous suivait très loin dans les chemins. Ô l'autre monde, l'habitation bénie par le ciel et les ombrages! Le sud me rappelait les misérables incidents de mon enfance, mes désespoirs d'été, l'horrible quantité de force et de science que le sort a toujours éloignée de moi. Non! nous ne passerons pas l'été dans cet avare pays où nous ne serons jamais que des orphelins fiancés. Je veux que ce bras durci ne traîne plus *une chère image*.

Laborers

O the warm morning in February. The untimely south wind came to stir up our absurd paupers' memories, our young misery.

Henrika had a white and brown checked cotton skirt, which must have been worn in the last century, a bonnet with ribbons, and a silk scarf. It was much sadder than a mourning. We were taking a stroll in the suburbs. The weather was overcast and that wind from the south excited all the vile odors of the ravaged gardens and the parched meadows.

It must not have fatigued my woman to the same degree as it did me. In a puddle left by the inundation of the previous month on a fairly high path, she called my attention to some very little fishes.

The city, with its smoke and its noises of trades, followed us very far along the roads. O the other world, the habitation blessed by the sky and the shadows! The south reminded me of the miserable incidents of my childhood, my despairs in summer, the horrible quantity of strength and knowledge that fate has always kept from me. No! we will not spend the summer in this miserly country where we'll never be anything but affianced orphans. I want this hardened arm to drag no longer *a cherished image*.

다리들

수정 같은 회색 하늘. 기이한 그림 속 다리들, 여기 똑바른 것들, 저기 가운데가 불룩한 것들도 있고, 어떤 것들은 앞의 다리들 위로 내려가거나 여러 각도로 비스듬히 돌아가고, 그 형상들은 불 밝혀지는 운하의 다른 회로들 속에서 되풀이되지만, 모두 다 너무나 길고 가벼워서 둥근 지붕들로 가득한 연안들은 점점 낮아지고 작아진다. 그 가운데 몇몇 다리들은 아직도 오두막들을 가득 싣고 있다. 또 어떤 다리들은 돛대들, 표지들, 약한 난간들을 떠받치고 있다. 단조 화음들이 교차하며, 이어지고, 현악기 음들이 비탈 위로 솟아오른다. 붉은 웃옷, 그리고 다른 의상들과 악기들도 보이는 것 같다. 대중가요일까, 귀족 콘서트의 부분일까, 국민찬가의 여분일까? 물은 회색빛 푸른빛에, 해협처럼 폭이 넓다. — 한 줄기 흰 광선, 하늘 높은 곳에서 내려와, 이 코미디를 무화시킨다.

다리들

이 다리들은 물론 상상 속 그림이다. 허공을 가르며 교차하는 다리의 형상들은 어우러지는 음악처럼 증식된다. 그림의 배경이 되는 연안들이 "점점 낮아지고 작아지는" 만큼 증식은 지속된다. 음악은 상상의 작업대 위에 여러 구조물(다리, 집, 도시들)을 세우는 동인이다. 그다음 나타나는 것이 인간 형상들이다. 의상과 악기 등 군중의 징후는 건축적 상상력의 귀결이다. 그러나 모든 활성화(animation) 작업은, 언제나 그렇듯, 자조적 단언으로 끝난다. 자기 파괴적 결구는 시집 전체를 결정짓는 요소로서 궁극적으로 허무의 문학관을 반영한다.

Les Ponts

Des ciels gris de cristal. Un bizarre dessin de ponts, ceux-ci droits, ceux-là bombés, d'autres descendant ou obliquant en angles sur les premiers, et ces figures se renouvelant dans les autres circuits éclairés du canal, mais tous tellement longs et légers que les rives chargées de dômes s'abaissent et s'amoindrissent. Quelques-uns de ces ponts sont encore chargés de masures. D'autres soutiennent des mâts, des signaux, de frêles parapets. Des accords mineurs se croisent, et filent, des cordes montent des berges. On distingue une veste rouge, peut-être d'autres costumes et des instruments de musique. Sont-ce des airs populaires, des bouts de concerts seigneuriaux, des restants d'hymnes publics? L'eau est grise et bleue, large comme un bras de mer. — Un rayon blanc, tombant du haut du ciel, anéantit cette comédie.

The Bridges

Crystalline gray skies. A bizarre drawing of bridges, these straight, those convex, others descending or veering at angles onto the first ones, and these figures repeating themselves in the other lightened circuits of the canal, but all so long and light that the riverbanks laden with domes sink and diminish. Some of these bridges are still laden with shanties. Others support masts, signals, frail parapets. Minor chords cross each other, and run, strings rise from the banks. One can make out a red jacket, perhaps other costumes and musical instruments. Are these popular tunes, fragments of seigniorial concerts, remnants of public anthems? The water is gray and blue, wide as an arm of the sea. — A white ray, falling from the top of the sky, annihilates this comedy.

도시

나는 일시적이지만 그다지 불만 없는 어느 현대적 대도시의 시민이다. 현대적이라고 생각되는 것은 도시의 설계에 있어서나 집들의 실내장식과 외관에 있어서 이미 알려진 모든 양식이 배제되었기 때문이다. 이곳에서는 미신을 위한 그 어떤 유적의 흔적도 발견할 수 없을 것이다. 도덕과 언어는 가장 단순한 표현으로 환원되었다, 마침내! 서로를 알 필요 없는 이 수많은 사람들은 너무나 똑같이 교육과 직업과 노후를 영위하고 있어서, 그 삶의 흐름은 대륙의 민족들에 관한 어이없는 통계가 밝히는 것보다 몇 배나 덜 긴 것임이 틀림없다. 그렇듯, 내 창으로부터 보이는 것은, 두텁게 끝없이 피어나는 석탄 연기 사이로 달리는 새로운 유령들, ─ 우리의 숲 그림자, 우리의 여름밤! ─ 여기서는 모든 것이 이것과 닮았기에, 나의 조국이자 나의 온 마음이기도 한 나의 전원주택 앞에 서 있는 새로운 에리니에스, ─ 눈물 없는 **죽음**, 즉 우리의 부지런한 딸이자 하녀, 그리고 절망한 **사랑**, 그리고 길바닥 진흙 속에서 울어대는 예쁜 **죄악** 들이다.

도시

　도시는 『일류미네이션』의 주요 주제 가운데 하나다. 거대하고 경이로운 건축적 상상력이 지배하는 다른 두 편의 「도시들」과 달리 이 「도시」의 그림은 어둡고 환원적이다. 런던에서의 암울한 체류 경험이 반영되어 있을 수는 있지만, "일시적"으로밖에 머물 수 없는 이 "도시"는 상상의 공간이고 그 속에 사는 "사람들"은 환상이 빚은 환영들이다. 묘사의 흐름은 반종교적 사념으로 차츰 무거워지는 듯, 어느 결에 "나"의 위치는 상상의 유리창 밖으로 벗어나 있다. 그리스 신화에 나오는 복수의 여신들인 에리니에스의 새로운 모습들 ― "눈물 없는 죽음", "절망한 사랑", "예쁜 죄악" ― 속에는 "대륙의 민족들"이 사는 현실의 도시에 대한 조롱과 반기독교의 정서가 투사되어 있다.

Ville

Je suis un éphémère et point trop mécontent citoyen d'une métropole crue moderne parce que tout goût connu a été éludé dans les ameublements et l'extérieur des maisons aussi bien que dans le plan de la ville. Ici vous ne signaleriez les traces d'aucun monument de superstition. La morale et la langue sont réduites à leur plus simple expression, enfin! Ces millions de gens qui n'ont pas besoin de se connaître amènent si pareillement l'éducation, le métier et la vieillesse, que ce cours de vie doit être plusieurs fois moins long que ce qu'une statistique folle trouve pour les peuples du continent. Aussi comme, de ma fenêtre, je vois des spectres nouveaux roulant à travers l'épaisse et éternelle fumée de charbon, — notre ombre des bois, notre nuit d'été! — des Érinnyes nouvelles, devant mon cottage qui est ma patrie et tout mon cœur puisque tout ici ressemble à ceci, — la Mort sans pleurs, notre active fille et servante, un Amour désespéré, et un joli Crime piaulant dans la boue de la rue.

City

I am a ephemeral and not too discontented citizen of a metropolis considered modern because all known taste has been avoided in the furnishings and the exterior of the houses as well as in the plan of the city. Here you would not detect the traces of any monument to superstition. Morality and language are reduced to their simplest expression, at last! These millions of people who have no need to know one another manage their education, occupation and old age so similarly that their course of life must be several times less long than that which a mad statistic determines for the peoples of the continent. And like that, from my window, I see new specters rolling through the thick and eternal coal fumes, — our forest shade, our summer night! — new Erinyes, in front of my cottage which is my country and all my heart since everything here resembles this, — Death without tears, our active daughter and servant, a despairing Love, and a pretty Crime whining in the mud of the street.

바퀴 자국들

　오른쪽에는 여름 새벽이 저 공원 구석의 나뭇잎들과 안개들과 소리들을 일깨우고, 왼쪽 비탈들은 질퍽한 길의 수많은 빠른 바퀴 자국들을 보랏빛 그늘 속에 담고 있다. 환상들의 행렬. 실제로, 금빛 나무로 된 동물들, 깃대들과 가지각색의 천막들을 실은 마차들, 그것들을 끌고 질주하는 스무 마리 얼룩 서커스 말들, 그리고 놀랍기 그지없는 짐승들 위에 올라탄 아이들과 사람들이 있다. — 스무 개의 차량은, 옛날 혹은 동화 속 사륜마차들처럼 돋을새김 무늬와 깃발과 꽃으로 장식되어 있고, 교외 전원극을 위해 치장한 아이들을 가득 싣고 있다. — 밤의 장막 아래 칠흑빛 깃 장식을 곧추세우고, 푸르고 검은 커다란 암말들의 속보에 실려 가는 관들도 있다.

바퀴 자국들

　　오른쪽, 왼쪽, 시인의 손이 가리키는 대로 풍경이 펼쳐지고 움직임
이 생겨난다. 이 몽환경 속에서는 사물의 질서가 현실과 다르다. 물
체가 있어 흔적이 남는 것이 아니라, 흔적이 물체를 만들고, 환상이
실제를 구축한다. 바퀴 자국들로부터 마차들, 동물들이 형상화되고,
그 위로 아이들, 사람들의 행렬이 나타난다. 생생하게 펼쳐지는 몽환
적 동화의 세계를 마지막으로 장식하는 것은 역시 죽음의 관념이다.

Ornières

.

À droite l'aube d'été éveille les feuilles et les vapeurs et les bruits de ce coin du parc, et les talus de gauche tiennent dans leur ombre violette les mille rapides ornières de la route humide. Défilé de féeries. En effet : des chars chargés d'animaux de bois doré, de mâts et de toiles bariolées, au grand galop de vingt chevaux de cirque tachetés, et les enfants et les hommes sur leurs bêtes les plus étonnantes ; — vingt véhicules, bossés, pavoisés et fleuris comme des carrosses anciens ou de contes, pleins d'enfants attifés pour une pastorale suburbaine ; — Même des cercueils sous leur dais de nuit dressant les panaches d'ébène, filant au trot des grandes juments bleues et noires.

Ruts

To the right the summer dawn wakens the leaves and the mists and the sounds of that corner of the park, and the banks on the left hold in their violet shade the thousand rapid ruts of the wet road. Procession of fantasies. Indeed : floats laden with animals of gilded wood, masts and multicolored canvas, drawn by twenty mottled circus horses at full gallop, and children and men on their most astonishing beasts ; — twenty vehicles, embossed, bedecked with flags and flowers like ancient or fairy-tale coaches, filled with children costumed for a suburban pastorale ; — Even coffins under their canopy of night raising their ebony panache, filing past to the trot of the great blue and black mares.

도시들 [II]

도시들이다! 저 민중을 위해서 저 꿈같은 앨러게니와 레바논 산맥들이 솟아났다! 수정과 나무로 된 오두막들이 보이지 않는 레일과 도르래를 타고 움직인다. 구릿빛 종려나무들과 거대 동상들로 둘러싸인 늙은 분화구들이 불길 속 선율 맞춰 포효한다. 오두막들 뒤에 늘어진 운하들 위로 사랑의 축제 소리 울려 퍼진다. 사냥 종소리가 협곡을 울린다. 노래하는 거인 조합원들이 산꼭대기의 빛처럼 찬란한 옷과 깃발들로 떼를 지어 달려온다. 깊은 구렁 한가운데 돋은 플랫폼 위에는 롤랑들의 군대들이 용맹의 나팔을 분다. 심연의 가교들과 여인숙 지붕들 위로 하늘의 열기가 돛대들의 깃발을 장식한다. 절정이 무너져 내려 고지대 들판과 합류하고 그 눈사태 속에 천사 같은 켄타우로스 암컷들이 돌아다닌다. 가장 높은 능선들의 고도보다 더 높은 곳에, 비너스의 영원한 탄생으로 뒤흔들리는 바다, 합창하는 함대들과 진주와 진귀한 소라고둥들 소리 가득한 바다가 있다. — 그 바다는 죽음의 섬광으로 이따금 어두워진다. 비탈 위로 우리의 무기처럼 우리의 술잔처럼 커다란 꽃들이 잔뜩 모여 울어댄다. 다갈색, 유백색 옷을 입은 맵 여왕들의 행렬들이 협곡을 오른다. 저 높이, 폭포수와 가시덤불에 발을 담근 채 사슴들이 디아나의 젖을 빨고 있다. 도시 주변에서 바쿠스의 여(女)제관들이 흐느껴 울고 있고, 달은 뜨겁게 타올라 울부짖는다. 비너스가 대장장이들과 은자들의 동굴들 속으로 들어간다. 종탑들이 무리 지어 민중의 사상을 노래한다. 유골로 지은 성들로부터 미지의 음악이 흘러나온다. 온갖 전설들이 살아 움직이고 엘크들이 마을마다 몰려든다. 폭풍우의 낙원이 무너져 내린다. 야만인들이 쉼 없이 축제의 밤 춤을 춘다. 그리고 어느 시간에 나는, 되돌아가야 할 산 속의 전설적 환영들을 피하지 못한 채 떠돌며, 짙은 실바람 아래, 극단들이 새로운 작업의 기쁨을 노래하는 어느 바그다드 대로의 움직임 속으로 내려왔다.

그 어떤 선한 팔들이, 어떤 아름다운 시간이 내 잠과 내 최소한의 움직임들이 비롯되는 그 지역을 내게 되돌려 줄까?

도시들 [II]

　상상의 건축, 상상의 도시에 관한 전형적 시다. "끝없는 밤", 끝없이 증식하는 "기괴한 도시"(「유년기」)의 환상이 눈앞에 펼쳐진다. 이시의 매력은 거침없는 묘사와 파격적 지시와 역동적 화려함이다. 명하는 시인의 손짓에 따라 도시는 즉각적으로 솟아나고, 꿈의 사물들, 생물들이 나타난다. 「창세기」에서처럼 말이 곧 빛이 되고 살이 된다. 형상화되는 사물들, 인물들의 명칭은 시간과 공간을 초월한다. 미국 동부의 앨러게니 산맥, 중동의 레바논 산맥, 바그다드 등 현실의 지명이 차용되었지만 현실을 가리키는 것은 아니다. 중세 무훈시에 나오는 샤를마뉴 대제의 용장 롤랑, 영국 민화에 나오는 꿈의 요정들의 여왕 맵은 그리스 로마 신화의 비너스, 디아나, 켄타우로스 등과 함께 "전설적 환영들"의 거대 지역을 형성한다. 꿈과 현실, 역사와 설화, 빛과 어둠, 위아래와 높낮이가 혼동되는 언어의 환각 속에서 온갖 생명의 기운이 육화되고 진화한다. 증식의 원리는 복수로 지칭된 롤랑들, 맵 여왕들, 거인 조합원들 같은 인물뿐 아니라 모든 사물의 움직임을 지배한다. 증식의 꿈은 그러나 마냥 지속되지 않는다. 꿈속의 "일시적" 거주자는 어느 순간 전설적 공간 밖으로 밀려난다.

　다른 곳에서도 그렇듯 랭보의 텍스트는 중의법으로 가득하다. 가령 "합창하는 함대들"(flottes orphéoniques)은 오르페우스 신화의 아르고 원정대에 대한 암시로 읽힐 수 있고, "엘크"(북유럽의 큰사슴)로 번역된 단어(élan)는 전설들의 움직임을 형상화하는 (생명의) "도약" 혹은 "격정"으로 옮겨질 수도 있다. "절정"(apothéoses)은 "신격화" 혹은 "훈륜"(구름 위로 나타나는 태양의 무지갯빛 테두리) 등 여러 다른 의미를 내포한다.

Villes [II]

Ce sont des villes! C'est un peuple pour qui se sont montés ces Alleghanys et ces Libans de rêve! Des chalets de cristal et de bois qui se meuvent sur des rails et des poulies invisibles. Les vieux cratères ceints de colosses et de palmiers de cuivre rugissent mélodieusement dans les feux. Des fêtes amoureuses sonnent sur les canaux pendus derrière les chalets. La chasse des carillons crie dans les gorges. Des corporations de chanteurs géants accourent dans des vêtements et des oriflammes éclatants comme la lumière des cimes. Sur les plates-formes au milieu des gouffres les Rolands sonnent leur bravoure. Sur les passerelles de l'abîme et les toits des auberges l'ardeur du ciel pavoise les mâts. L'écroulement des apothéoses rejoint les champs des hauteurs où les centauresses séraphiques évoluent parmi les avalanches. Au-dessus du niveau des plus hautes crêtes une mer troublée par la naissance éternelle de Vénus, chargée de flottes orphéoniques et de la rumeur des perles et des conques précieuses, — la mer s'assombrit parfois avec des éclats mortels. Sur les versants des moissons de fleurs grandes comme nos armes et nos coupes, mugissent. Des cortèges de Mabs en robes rousses, opalines, montent des ravines. Là-haut, les pieds dans la cascade et les ronces, les cerfs tettent Diane. Les Bacchantes des banlieues sanglotent et la lune brûle et hurle. Vénus entre dans les cavernes des forgerons et des ermites. Des groupes de beffrois chantent les idées des peuples. Des châteaux bâtis en os sort la musique inconnue. Toutes les légendes évoluent et les élans se ruent dans les bourgs. Le paradis des orages s'effondre. Les sauvages dansent sans cesse la fête de la nuit. Et une heure je suis descendu dans le mouvement d'un boulevard de Bagdad où des compagnies ont chanté la joie du travail nouveau, sous une brise épaisse, circulant sans pouvoir éluder les fabuleux fantômes des monts où l'on a dû se retrouver.

Quels bons bras, quelle belle heure me rendront cette région d'où viennent mes sommeils et mes moindres mouvements?

Cities [II]

These are cities! This is a people for whom these Alleghenies and these Lebanons of dream rose up! Chalets of crystal and wood that move on invisible rails and pulleys. Old craters surrounded by colossi and palms of copper roar melodiously in the fires. Love feasts rings over canals suspended behind the chalets. The hunt of chimes clamors in the gorges. Guilds of giant singers come running in clothes and oriflammes as dazzling as the light of the summits. On platforms in the midst of chasms Rolands trumpet their bravery. On footbridges of the abyss and on roofs of the inns the fire of the sky decks the masts with flags. The collapse of apotheoses joins the fields on the heights where seraphic centauresses move around among the avalanches. Above the level of the highest crests a sea troubled by the eternal birth of Venus, filled with orpheonic fleets and the sound of pearls and precious conches, — the sea darkens sometimes with mortal flashes. On the slopes, harvests of flowers large as our weapons and our goblets, bellow. Processions of Mabs in russet and opaline dresses climb the ravines. Up there, with their feet in the waterfall and the brambles, stags suckle at Diana's breasts. The Bacchantes of the suburbs sob and the moon burns and howls. Venus enters the caves of blacksmiths and hermits. Groups of belfries sing out the ideas of the peoples. From castles built of bone issues unknown music. All the legends move around and elks rush through the towns. The paradise of storms collapses. The savages dance ceaselessly the festival of the night. And one hour I went down into the movement of a boulevard of Bagdad where companies sang the joy of the new work, under a thick breeze, going around unable to elude the fabulous phantoms of the mountains where one had to find himself again.

What good arms, what fine hour will give me back that region from which come my slumbers and my slightest movements?

방랑자들

가련한 친구! 그 덕분에 얼마나 끔찍한 밤샘들을 했던가! "내가 이 계획에 열렬히 매달린 건 아니었다. 내가 그의 나약함을 가지고 놀았다. 내 잘못으로 우리는 유형지로, 노예 상태로 되돌아갈 것이다." 그는 내게 아주 기묘한 악운과 순진함이 있다고 내세우며, 불안한 이유들을 덧붙였다.

나는 그 악마 박사에게 비웃음으로 응대하다가, 마침 창가에 이르렀다. 나는, 희귀한 음악 밴드가 가로지르는 들판 저 너머로, 미래의 호사로운 밤의 환영들을 창조했다.

약간 건강에 좋을 그런 오락을 즐긴 후 나는 짚 매트에 눕곤 했다. 그러면, 거의 매일 밤, 잠들자마자, 그 불쌍한 친구는 일어나, 입은 문드러지고, 눈은 쥐어뜯긴 채로, ― 그가 꿈꾸던 모습 그대로! ― 나를 방으로 끌고 가서 바보 같은 침울한 꿈 이야기를 하며 울부짖었다.

나는 사실, 정말 진심으로, 그를 태양의 아들이라는 원초적 상태로 되돌려놓겠다고 맹세했었고, ― 그래서 우리는, 동굴의 포도주와 거리의 비스킷으로 연명하면서, 떠돌아다녔다. 난 장소와 공식을 찾느라 다급했었다.

방랑자들

이 시의 서술적 논조는 다른 묘사적 시들과 많이 다르다. 시점 자체가, 상상의 도시들에서 밀려난 듯, 창조적 현재에서 벗어나 외적 현실을 향하고 있다. 『일류미네이션』의 시편으로는 드물게 실제의 사실과 사람에 대한 묘사가 담겨 있다. "악마 박사"는 악마의 유혹에 빠진 파우스트에 대한 암시와 함께 베를렌을 지시한다. 『지옥에서 보낸 한 철』에도 "지옥의 동반자" 베를렌을 풍자하는 긴 글이 있다(「착란 I」). 따옴표는 인용임을 강조할 뿐, 인칭과 시제는 서술의 흐름에 맞게 변환된 자유 간접 화법으로 해석된다. 즉 인용 부호 속의 "나"는 다른 "나"와 마찬가지로 시인 자신을 가리킨다. "밴드"는 영어식 표현으로 소규모 악단을 의미하는 것일 수도 있고, 환상의 전조 현상인 음악의 웨이브, 줄무늬를 묘사하는 것일 수도 있다. 「철야 II」에 같은 단어, 유사한 묘사가 있다. "미래의 호사로운 밤의 환영들"은 특히 바로 앞의 시 「도시들 [II]」의 "전설적 환영들"을 연상시킨다. 그러한 "창조"를 "약간 건강에 좋을 그런 오락"이라고 일컫는 대목에서 자조의 뉘앙스가 읽힌다. "태양의 아들"은 무엇보다 서구 기독교의 이데올로기를 벗어난 원초적 상태를 가리킨다. 랭보는 초기 시 「태양과 육체」(Soleil et chair)에서 시적 재창조의 원천으로서의 태양에 대한 신념을 밝힌 바 있다. "장소와 공식"은 원초적 상태로의 환원을 위한 신성한 장소(lieu) 혹은 자명한 원리, 즉 공리(lieu commun)와 마법적 공식을 암시하는 듯하다. "장소"는 기하학적 개념인 궤도(locus)를 가리키는 것일 수도 있다. 그 무엇이든 물리적 차원이 아니라 시적 상상 세계의 관점에서 이해되어야 한다.

Vagabonds

Pitoyable frère! Que d'atroces veillées je lui dus! «Je ne me saisissais pas fervemment de cette entreprise. Je m'étais joué de son infirmité. Par ma faute nous retournerions en exil, en esclavage.» Il me supposait un guignon et une innocence très bizarres, et il ajoutait des raisons inquiétantes.

Je répondais en ricanant à ce satanique docteur, et finissais par gagner la fenêtre. Je créais, par delà la campagne traversée par des bandes de musique rare, les fantômes du futur luxe nocturne.

Après cette distraction vaguement hygiénique, je m'étendais sur une paillasse. Et, presque chaque nuit, aussitôt endormi, le pauvre frère se levait, la bouche pourrie, les yeux arrachés, — tel qu'il se rêvait! — et me tirait dans la salle en hurlant son songe de chagrin idiot.

J'avais en effet, en toute sincérité d'esprit, pris l'engagement de le rendre à son état primitif de fils du soleil, — et nous errions, nourris du vin des cavernes et du biscuit de la route, moi pressé de trouver le lieu et la formule.

Vagabonds

Pitiable brother! What atrocious vigils I owed him! "I did not cling to this enterprise fervently. I played with his infirmity. Through my fault we would return to exile, to slavery." He supposed me to have a very bizarre bad luck and innocence, and he added disquieting reasons.

I would respond by sneering at this satanic doctor, and finish by getting to the window. I would create, beyond the countryside crossed by bands of rare music, phantoms of future nocturnal luxury.

After this vaguely hygienic distraction I would lie down on a straw mattress. And, almost every night, barely fallen asleep, the poor brother would get up, his mouth rotten, his eyes torn out, — just as he saw himself in his dreams! — and drag me into the room, howling his illusion of idiotic sorrow.

I had, in fact, in all sincerity of spirit, taken the pledge to restore him to his primitive state of son of the sun, — and we wandered, nourished by the wine of the caverns and the biscuit of the road, I impatient to find the place and the formula.

도시들 [I]

관청이 있는 아크로폴리스는 현대적 야만의 가장 거대한 개념들을 능가한다. 저 변함없는 회색 하늘, 대형건물들의 위풍당당한 광채, 그리고 땅바닥의 영원한 눈 들이 만들어내는 뿌연 날빛을 표현하기란 불가능하다. 모든 건축의 고전적 경이로움이 독특한 탈규범적 취향으로 재현되었다. 나는 햄프턴 코트보다 스무 배나 더 광대한 구역에서 열리는 그림 전시회를 관람한다. 대단한 그림이다! 네부카드네자르 같은 어떤 노르웨이인이 청사 계단들을 축조시켜 놓았다. 내가 본 하급자들은 이미 브라만들보다 더 자부심이 강했다. 나는 건물 경비원들과 관리인들의 거대 동상 같은 모습에 몸을 떨었다. 건물들은 광장들, 닫힌 궁정들과 테라스들로 분류되었고, 마부들은 배제되었다. 공원들은 화려한 기술로 세공된 원시 자연을 연상시킨다. 높은 구역에는 설명할 수 없는 부분들이 있다. 그곳에, 배는 없지만, 수면에 푸른 유리 가루가 뿌려진 듯한 해협이 거대한 횃불 가득한 부두들 사이로 흘러들고 있다. 짧은 다리가 생트샤펠 성당 돔 아래 지하도로 바로 이어진다. 그 돔은 지름이 만 오천 피트쯤 되는 예술적인 강철 구조물이다.

시장 광장과 기둥들을 둘러싸고 있는 구리로 된 인도교들, 플랫폼들, 계단들 위 몇몇 지점에서, 나는 도시의 깊이를 판단할 수 있을 것 같았다! 그것은 내가 헤아릴 수 없었던 경이로움이다. 아크로폴리스 위 혹은 아래에 있는 다른 구역들의 높이는 어느 정도일까? 우리 시대의 이방인으로서는 식별이 불가능하다. 상업 구역은 단일 양식으로 된 원형 광장으로, 아케이드 갤러리들이 들어서 있다. 상점들은 보이지 않는다. 그러나 도로의 눈은 짓밟혀져 있다. 일요일 아침 런던의 산책자들만큼이나 보기 드문 몇몇 고관들이 다이아몬드로 된 역마차를 향해 가고 있다. 붉은 벨벳 벤치도 몇 개 있다. 그곳에서 제공되는 극지의 음료들 값은 팔백에서 팔천 루피로 다양하다. 이 광장에서 극장들을 찾아야겠다는 생각에, 상점들이 꽤나 어두운 드라마들을 내포하고 있음에 틀림없다고 스스로 답한다. 경찰이 있는 것 같지만, 법은 분명 너무나 이상할 것이므로, 나는 이곳의 모험가들은 어떨까 생각해보려다 그만둔다.

파리의 아름다운 거리만큼 우아한 교외는 한 줄기 빛에 감싸여 있다. 인민 구성원은 수백 영혼에 이른다. 그곳에도 여전히 집들이 이어져 있지는 않다. 교외 지역은 기묘하게 전원 속, "자치 구역" 속으로 사라져가고, 끝없는 서쪽을 가득 메운 그 구역의 경이로운 숲과 농원들 속에서 야생적인 귀족들이 창조된 빛 아래 그들의 연대기를 쫓고 있다.

도시들 [I]

이 시는 앞선 같은 제목의 시와 함께 번호([III], [II])가 매겨져 있다. 번호의 순서는 원고의 순서와 다르며, 편집자들은 전통적으로 원고의 순서를 존중한다. 일련번호에도 불구하고 두 시의 스타일은 다르다. 신화와 전설의 환영들을 역동적으로 묘사한 전편과 달리 이 시에는 현실에 대한 지시와 실재하는 건축과의 비교가 많다. 그러나 어느 경우든 시인이 가리키는 쪽은 사실이 아니라 환상의 차원이다.

"햄프턴 코트"는 16세기에 지어진 런던의 궁전이다. 17세기에 베르사유 궁전과 경쟁하듯 확장·개축되어 튜더 양식과 바로크 양식이 혼재한다. "네부카드네자르"는 성경 다니엘서 등에 나오는 바빌론의 왕(느브갓네살)이다. "공중 정원"으로 불리는 지구라트 위의 계단식 테라스를 축조한 왕으로 알려져 있다. "노르웨이인"과의 묶음은 비현실적 시공결합 효과 같다. "브라만"은 인도 카스트 제도에서 가장 높은 지위인 승려 계급을 가리킨다. "생트샤펠"은 13세기 파리에 세워진 대표적 고딕 양식의 성당이다.

파리와 런던, 인도와 유럽, 그리스 등 서로 다른 시공간에 속하는 존재와 사물들의 중첩이 초월적 상상의 도시를 빚어낸다. 마지막 부분의 "창조된 빛"(la lumière qu'on a créée)이라는 표현은 이 시뿐 아니라 시집 전체의 열쇠가 되는 말이다. 모든 것은 "창조된" — 누군가(on), 아마도 인간이, 시인이, 재창조한 — "빛" 아래 펼쳐지는 새로운 이치와 질서, 새로운 세상의 그림이다.

Villes [I]

L'acropole officielle outre les conceptions de la barbarie moderne les plus colossales. Impossible d'exprimer le jour mat produit par le ciel immuablement gris, l'éclat impérial des bâtisses, et la neige éternelle du sol. On a reproduit dans un goût d'énormité singulier toutes les merveilles classiques de l'architecture. J'assiste à des expositions de peinture dans des locaux vingt fois plus vastes qu'Hampton-Court. Quelle peinture! Un Nabuchodonosor norwégien a fait construire les escaliers des ministères ; les subalternes que j'ai pu voir sont déjà plus fiers que des Brahmas et j'ai tremblé à l'aspect des gardiens de colosses et officiers de constructions. Par le groupement des bâtiments en squares, cours et terrasses fermées, on a évincé les cochers. Les parcs représentent la nature primitive travaillée par un art superbe. Le haut quartier a des parties inexplicables : un bras de mer, sans bateaux, roule sa nappe de grésil bleu entre des quais chargés de candélabres géants. Un pont court conduit à une poterne immédiatement sous le dôme de la Sainte-Chapelle. Ce dôme est une armature d'acier artistique de quinze mille pieds de diamètre environ.

Sur quelques points des passerelles de cuivre, des plates-formes, des escaliers qui contournent les halles et les piliers, j'ai cru pouvoir juger la profondeur de la ville! C'est le prodige dont je n'ai pu me rendre compte : quels sont les niveaux des autres quartiers sur ou sous l'acropole? Pour l'étranger de notre temps la reconnaissance est impossible. Le quartier commerçant est un circus d'un seul style, avec galeries à arcades. On ne voit pas de boutiques. Mais la neige de la chaussée est écrasée ; quelques nababs aussi rares que les promeneurs d'un matin de dimanche à Londres, se dirigent vers une diligence de diamants. Quelques divans de velours rouge : on sert des boissons polaires dont le prix varie de huit cents à huit mille roupies. À l'idée de chercher des théâtres sur ce circus, je me réponds que les boutiques doivent contenir des drames assez sombres. Je pense qu'il y a une police ; mais la loi doit être tellement étrange, que je renonce à me faire une idée des aventuriers d'ici.

Le faubourg aussi élégant qu'une belle rue de Paris est favorisé d'un air de lumière. L'élément démocratique compte quelques cents âmes. Là encore les maisons ne se suivent pas ; le faubourg se perd bizarrement dans la campagne, le «Comté» qui remplit l'occident éternel des forêts et des plantations prodigieuses où les gentilshommes sauvages chassent leurs chroniques sous la lumière qu'on a créée.

Cities [I]

The official acropolis exceeds the most colossal conceptions of modern barbarism. Impossible to express the dull daylight produced by the immutably gray sky, the imperial splendor of the buildings, and the eternal snow on the ground. They have reproduced with a singular taste for enormity all the classic marvels of architecture. I attend exhibitions of painting in premises twenty times vaster than Hampton court. What painting! A Norwegian Nebuchadnezzar had the staircases of the ministries built ; the subordinates that I was able to see are already prouder than Brahmans, and I trembled at the aspect of the guardians of colossi and supervisors of constructions. By grouping the buildings into squares, enclosed courts and terraces, they have excluded the coachmen. The parks represent primitive nature crafted with a superb art. The upper quarter has inexplicable parts : an arm of the sea, without boats, rolls its surface of blue cullet between quays laden with gigantic candelabra. A short bridge leads to a postern immediately beneath the dome of the Sainte-Chapelle. This dome is an artistic structure of steel about fifteen thousand feet in diameter.

From some points on the copper footbridges, the platforms, the staircases which wind around the market halls and the pillars, I thought I could judge the depth of the city! It's the marvel I was not able to realize : what are the levels of the other quarters above or below the acropolis? For the stranger of our time recognition is impossible. The business quarter is a circus in a single style, with arcaded galleries. No shops are to be seen. But the snow of the roadway is trampled ; a few nababs as rare as promenaders on Sunday morning in London are making their way toward a stagecoach of diamonds. A few divans of red velvet : polar drinks are served, of which the price varies from eight hundred to eight thousand rupees. At the thought of looking for theaters in this circus, I tell myself that the shops must contain fairly gloomy dramas. I think there is a police force ; but the law must be so strange, that I give up trying to imagine what adventurers are like here.

The suburb as elegant as a beautiful street in Paris is favored with an air of light. The democratic element numbers a few hundred souls. There, too, the houses do not follow one another ; the suburb disappears bizarrely into the countryside, the "County" which fills the eternal west with prodigious forests and plantations where savage gentlemen hunt their chronicles under the light which has been created.

철야

I

그것은 불 밝혀진 휴식, 열기도 우수도 아닌 휴식, 침대 위 혹은 풀밭 위.

그것은 친구, 열렬하지도 연약하지도 않은. 친구.

그것은 연인, 괴로움을 주지도 받지도 않는. 연인.

전혀 애써 찾지 않은 공기와 세상. 삶.

— 결국 이것이었나?

— 이제 꿈이 인다.

II

불빛이 토대 나무에 다시 찾아든다. 장식은 대수롭지 않은 방 양쪽 끝으로부터, 조화로운 상승의 기운이 서로 결합한다. 밤새우는 자의 정면에 있는 벽면은 장식 띠의 부분들과 대기의 줄무늬들과 지리적 기복들의 심리적 연속이다. — 온갖 기질의 존재들이 온갖 양상으로 나타나는 감정적 무리들의 강렬하고 급박한 꿈.

III

철야의 램프들과 융단들은, 밤이면, 선체를 따라서 선실 주위로, 파도소리를 낸다.

철야의 바다는, 아멜리의 젖가슴 같다.

융단 장식들, 중간쯤까지, 에메랄드 빛 레이스 덤불숲, 그 곳에 철야의 멧비둘기들 날아든다.

⋯⋯⋯⋯⋯⋯⋯⋯⋯⋯⋯⋯⋯⋯⋯⋯⋯⋯⋯⋯⋯⋯⋯⋯⋯⋯⋯⋯⋯

검은 광원의 열판, 모래톱의 진짜 태양들. 아! 마법의 우물. 이제는 새벽빛만 보일 뿐.

철야

　불 밝힌 밤, 이완된 상태로 밤샘하는 사람의 꿈, 깨어있는 꿈이다. 깨어있는 정신에서 꿈으로의 이행, 그리고 깊은 환각에 이르는 세 단계가 차례로 그려져 있다. "불 밝혀진", "불빛", "램프들"… 세 편의 첫 마디는 모두 빛의 이미지다. 빛이 꿈의 실마리 구실을 한다. 빛은 현실의 경계를 지우고 꿈의 공간을 확장한다. 꿈으로 빠져드는 정도에 따라 글의 호흡도 다르다. 첫 텍스트의 어조가 반복적 단정과 안정을 나타낸다면, 두 번째 텍스트의 어조는 역동적 변화를 따른다. 세 번째 텍스트는 「유년기 Ⅲ」처럼 의식 깊은 곳에서 걸러낸 꿈의 사진들 같다. 몰입된 꿈속에서도 램프와 융단 같은 현실의 이미지는 여전히 존재하며 바다와 숲의 환상이 이루어지는 바탕 그림이 된다. "아멜리"는 친구(l'ami)와 연인(l'aimée)과 바다(la mer)의 음성적, 유추적 교착에서 빚어진 형상이다. 꿈의 우물을 밝히는 비현실의 광원, 그 "검은 광원"은 현실의 "새벽빛"과 반대된다. 다만 "진정한 삶"("la vraie vie est ailleurs")이 현실과 꿈, 어느 쪽에 속하는지 알 수 없듯, "진짜 태양들"이 어느 쪽을 가리키는지 확언하기 어렵다.

Veillées

I

C'est le repos éclairé, ni fièvre ni langueur, sur le lit ou sur le pré.

C'est l'ami ni ardent ni faible. L'ami.

C'est l'aimée ni tourmentante ni tourmentée. L'aimée.

L'air et le monde point cherchés. La vie.

— Était-ce donc ceci?

— Et le rêve fraîchit.

II

L'éclairage revient à l'arbre de bâtisse. Des deux extrémités de la salle, décors quelconques, des élévations harmoniques se joignent. La muraille en face du veilleur est une succession psychologique de coupes de frises, de bandes atmosphériques et d'accidences géologiques. — Rêve intense et rapide de groupes sentimentaux avec des êtres de tous les caractères parmi toutes les apparences.

III

Les lampes et les tapis de la veillée font le bruit des vagues, la nuit, le long de la coque et autour du steerage.

La mer de la veillée, telle que les seins d'Amélie.

Les tapisseries, jusqu'à mi-hauteur, des taillis de dentelle, teinte d'émeraude, où se jettent les tourterelles de la veillée.

....

La plaque du foyer noir, de réels soleils des grèves : ah! puits des magies ; seule vue d'aurore, cette fois.

Vigils

I

It is repose lit up, neither fever nor languor, on the bed or on the meadow.

It is the friend neither ardent nor weak. The friend.

It is the beloved neither tormenting nor tormented. The beloved.

The air and the world not sought after. Life.

— Was it this then?

— And the dream rises.

II

Light returns to the tree of structure. From the two ends of the room, insignificant decor, harmonic elevations conjoin. The wall opposite the watcher is a psychological succession of sections of friezes, atmospheric bands and geological undulations. — Intense and rapid dream of sentimental groups with beings of all characters among all appearances.

III

The lamps and the rugs of the vigil make the sound of waves, at night, along the hull and around the steerage.

The sea of the vigil, like the breasts of Amélie.

The tapestries, halfway up, thickets of lace, emerald hued, into which the turtledoves of the vigil fling themselves.

....

The plate of the black light source, real suns of the shores : ah! well of magic ; sole sight of dawn, this time.

신비

　언덕 비탈 위에 천사들이 강철과 에메랄드의 초목 속에서 모직 가운을 휘감고 있다.

　불꽃의 초원들이 언덕 꼭대기까지 솟아오른다. 왼쪽으로 산등성이 부식토가 온갖 살인과 온갖 싸움으로 짓밟히고 있고, 온갖 처참한 소리가 길게 휘감긴다. 오른쪽 산등성이 뒤에는 동방의, 진보의 행로가 있다.

　그리고 인간의 밤들과 바다들의 소라고둥들로부터 선회하며 솟아오르는 소음이 그림 위쪽 지대를 형성하고 있는 반면,

　별들과 하늘과 그 나머지 것들로부터 꽃핀 감미로움이 비탈 맞은편에서, 마치 바구니처럼, ― 우리의 얼굴을 향해 내려와, 저 아래 향기롭고 푸른 심연을 이룬다.

신비

"왼쪽", "오른쪽", "위쪽", "아래", 마치 눈앞에 있는 사물을 지시하는 듯하지만, 그려지고 있는 것은 초월적 환상의 신비경이다. 손이 가리키는 곳마다 빛과 소리, 사물과 풍경이 펼쳐진다. 선회의 움직임들은 창조되는 공간의 역동성을 반영한다. 창조의 움직임은 전복적이다. 빛과 불, 꽃들의 아름다움은 생성과 파괴를 동시에 내포한다. 마지막 바다와 하늘이 뒤바뀐 "푸른 심연"은 승화된 카오스의 그림 같다.

Mystique

Sur la pente du talus les anges tournent leurs robes de laine dans les herbages d'acier et d'émeraude.

Des prés de flammes bondissent jusqu'au sommet du mamelon. À gauche le terreau de l'arête est piétiné par tous les homicides et toutes les batailles, et tous les bruits désastreux filent leur courbe. Derrière l'arête de droite la ligne des orients, des progrès.

Et tandis que la bande en haut du tableau est formée de la rumeur tournante et bondissante des conques des mers et des nuits humaines,

La douceur fleurie des étoiles et du ciel et du reste descend en face du talus, comme un panier, — contre notre face, et fait l'abîme fleurant et bleu là-dessous.

Mystic

On the slope of the bank, angels whirl their woolen robes in pastures of steel and emerald.

Meadows of flames leap up to the summit of the knoll. On the left, the humus soil of the ridge is trampled by all the homicides and all the battles, and all the disastrous noises spin their curve. Behind the ridge at the right, the line of orients, of progress.

And while the strip at the top of the picture is formed of the whirling and leaping sound of the conches of seas and of the human nights,

The flowering sweetness of the stars and the sky and the rest descends opposite the bank, like a basket, — against our face, and makes the abyss fragrant and blue down there.

새벽

나는 여름 새벽을 껴안았다.

궁전들 정면에 움직이는 것은 아직 아무것도 없었다. 물은 죽어 있었다. 어둠의 진영은 숲길을 떠나지 않았다. 나는 생생하고 훈훈한 숨결들을 일깨우며 걸어갔다. 보석들이 쳐다보았고, 날개들이 소리 없이 일어섰다.

첫 번째 시도는, 벌써 신선하고 희미한 섬광들로 가득한 오솔길에서, 내게 자기 이름을 말해준 꽃이었다.

나는 전나무들 사이로 머리를 풀어헤치는 금발 폭포를 보고 웃었다. 은빛 꼭대기에서 나는 여신을 알아보았다.

그래서 나는 하나하나 베일을 걷어올렸다. 오솔길에서는, 두 팔을 흔들었고, 평원에서는, 그녀를 수탉에게 일렀다. 큰 도시에서 그녀는 종탑과 돔들 사이로 달아났다. 대리석 부두 위를 거지처럼 달리며, 나는 그녀를 쫓았다.

길 높은 곳, 월계수 숲 근처에서, 나는 걷어 모은 베일들로 그녀를 감쌌다. 나는 그 광대한 몸을 약간 느꼈다. 새벽과 아이는 숲 아래로 떨어졌다.

깨어나자 정오였다.

143

새벽

신화적 상상과 동화적 환상이 결합된 아름다운 작품이다. 새벽은 이야기의 시간이자 공간이며 대상 인물이다. 새벽빛이 떠오르는 자연 현상을 인간의 능동적 행위로 전환한 것이 핵심이다. 아직 어둠이 진을 치고 있는 곳에서 "나"는 빛과 생명을 일깨우고 상승의 기운을 확장한다. 활성화 과정은 보이지 않는 숨결과 날개에서 말하는 꽃으로, 그리고 금발과 여신의 움직임으로 이어진다. "나"의 작업은 떠오르는 해가 새벽빛을 지우기 전에 그 빛을 형상화하는 것이다. 즉 새벽의 여신 에오스 혹은 아우로라가 태양신 헬리오스 혹은 아폴론의 금빛 속으로 사라지기 전까지의 짧은 시간이 "나"의 모험 공간이다. 사라져가는 여신의 은빛 이미지는 알퐁스 칼레(Alphonse Apollodore Callet)의 〈오로라의 기상〉(le Lever de l'Aurore, 1803) 같은 그림에 잘 묘사되어 있다.

여신의 빛을 좇는 "나"의 움직임은 그 빛만큼 가볍고 역동적이다. "나"의 행동반경은 빛처럼 높고 넓게 확대된다. 그 추격의 정점에서 걷었던 베일을 다시 덮어 감싸는 행위는 신성에 대한 금기와 욕망을 동시에 환기한다. 결합의 순간, 「왕권」에서 그랬던 것처럼, "나"도 "그녀"도 혼절한다. 일인칭 "나"의 사라짐은 그 혼절의 표현이다. 3인칭 시점으로 바뀌는 그 순간, 숲 아래로 떨어지는 것은 더 이상 "광대한 몸"을 가진 여신도 아니고 그것을 "약간 느낀" "나"도 아니다. 그저 "새벽"과 "아이"일 뿐이다.

동일하게 8음절 시구로 구성된 첫 행과 마지막 행은 이야기의 틀처럼 기능한다. 두 행이 품고 있는 것은 "말로 표현할 수 없는 시간"(l'heure indicible)의 신비한 경험이고, 1인칭(Je)의 순간적 사라짐과 마지막 행의 비인칭(Il) 사이에는 새벽과 정오의 간극보다 깊은 비밀이 숨어 있다. "깨어나자 (시간은) 정오였다"는 표현을 극단적으로 해석하면 "깨어나자 (그는) 정오였다"는 의미로도 읽힌다. 사실 "새벽을 껴안았다"고 술회할 수 있는 존재가 "정오"의 태양 외에 누가 있을까. 결국 "태양의 아들"의 또 다른 꿈 이야기다.

Aube

J'ai embrassé l'aube d'été.

Rien ne bougeait encore au front des palais. L'eau était morte. Les camps d'ombres ne quittaient pas la route du bois. J'ai marché, réveillant les haleines vives et tièdes, et les pierreries regardèrent, et les ailes se levèrent sans bruit.

La première entreprise fut, dans le sentier déjà empli de frais et blêmes éclats, une fleur qui me dit son nom.

Je ris au wasserfall blond qui s'échevela à travers les sapins : à la cime argentée je reconnus la déesse.

Alors je levai un à un les voiles. Dans l'allée, en agitant les bras. Par la plaine, où je l'ai dénoncée au coq. À la grand'ville elle fuyait parmi les clochers et les dômes, et courant comme un mendiant sur les quais de marbre, je la chassais.

En haut de la route, près d'un bois de lauriers, je l'ai entourée avec ses voiles amassés, et j'ai senti un peu son immense corps. L'aube et l'enfant tombèrent au bas du bois.

Au réveil il était midi.

Dawn

I embraced the summer dawn.

Nothing was moving yet on the front of the palaces. The water was dead. The camp of shadows did not leave the woodland road. I walked, waking alive and warm breaths, and precious stones looked on, and wings rose up without a sound.

The first enterprise was, in the path already filled with fresh and pale glints, a flower that told me her name.

I laughed at the blond wasserfall that disheveled herself through the pines : on the silver summit I recognized the goddess.

Then I lifted the veils one by one. In the lane, waving my arms. Across the plain, where I notified the cock of her. In the great city she fled among the bell towers and the domes, and running like a beggar on the marble quay, I chased her.

High above the road, near a laurel wood, I wrapped her in her gathered veils, and I felt a little her immense body. Dawn and the child fell to the bottom of the wood.

Waking, it was noon.

꽃들

금빛 계단으로부터, — 비단 끈들, 회색 천들, 초록 벨벳들, 그리고 햇빛에 청동처럼 검게 변해가는 수정 원반들 사이로, — 디기탈리스가 은(銀)과 눈(目)과 머리칼들의 투명 무늬 융단 위로 열리는 것이 보인다.

마노 위에 흩뿌려진 노란 금 조각들, 에메랄드 돔을 지탱하는 마호가니 기둥들, 하얀 새틴 다발들과 가는 루비 막대들이 물의 장미를 에워싼다.

마치 거대한 푸른 눈(目)에 눈(雪)의 형상을 갖춘 신처럼, 바다와 하늘이 대리석 테라스들로 젊고 강한 장미 무리를 끌어당긴다.

꽃들

계단(gradin)은 원형 극장 혹은 제단의 계단으로 신성한 광경의 출현을 예고한다. 디기탈리스는 작은 종 모양의 꽃들 때문에 "망자의 방울들"이라고도 불린다. 여러 꽃 색깔 중 홍자색이 대표적이다 (digitalis purpurea). 약성과 함께 독성을 가진 식물로 마녀들이 환각 약재로 사용했다고도 한다. "은과 눈과 머리칼들의 투명 무늬"와 같은 환각적 이미지는 그런 속설과 관련이 있는 듯하다. 그 이미지의 열림은 "흙 단지 속에" 감춰진 "마녀"의 불과 통하는 것일 수 있다(「대홍수 이후」). "검게 변해가는 수정 원반들" 또한 「철야 III」에서 몽환경의 근원인 "검은 광원의 열판"을 환기시킨다.

"물의 장미"는 수련을 가리키는 비유가 아니라 세상에 없는 환상의 꽃으로 물과 불과 빛이 결합된 이미지다. 빛과 색의 조화가 광물과 식물, 사물과 생물, 인성과 신성의 소통을 이끌고 하늘과 바다와 대지의 전일적 합을 이룬다.

Fleurs

D'un gradin d'or, — parmi les cordons de soie, les gazes grises, les velours verts et les disques de cristal qui noircissent comme du bronze au soleil, — je vois la digitale s'ouvrir sur un tapis de filigranes d'argent, d'yeux et de chevelures.

Des pièces d'or jaune semées sur l'agate, des piliers d'acajou supportant un dôme d'émeraudes, des bouquets de satin blanc et de fines verges de rubis entourent la rose d'eau.

Tels qu'un dieu aux énormes yeux bleus et aux formes de neige, la mer et le ciel attirent aux terrasses de marbre la foule des jeunes et fortes roses.

Flowers

From a step of gold, — among cords of silk, gray gauzes, green velvets and discs of crystal that blacken like bronze in the sun, — I see the foxglove opening on a carpet of watermarks of silver, of eyes and of hair.

Pieces of yellow gold strewn on the agate, pillars of mahogany supporting a dome of emeralds, bouquets of white satin and fine rods of ruby surround the rose of water.

Like a god with enormous blue eyes and forms of snow, the sea and the sky attract to the terraces of marble the crowd of young and strong roses.

속된 야상곡

하나의 숨결이 칸막이벽에 오페라 같은 틈을 열어, — 닳아 빠진 천정의 회전을 흐려놓고, — 난롯불들의 경계를 흩뜨리며, — 십자형 유리창들의 형체를 지워버린다. — 포도 덩굴을 따라, 석루조를 디디며, — 나는 볼록한 유리창들, 불룩한 외형 판자들, 둥그스름한 소파들로 미루어 시대를 알 만한 이 사륜마차 속으로 내려왔다 — 외로운, 내 잠의 영구차, 내 헛된 목동의 집, 마차는 지워진 큰길 잔디 위를 선회한다. 오른편 유리 위쪽 움푹 빈 곳에 맴도는 창백한 달빛 형상들, 나뭇잎들, 젖가슴들.

— 아주 짙은 녹색과 푸른색이 영상을 덮어버린다. 자갈 얼룩 언저리에 말을 푼다.

— 여기서, 휙휙 비바람을 부를까, 소돔 같은 도시들, — 솔림 같은 도시들, — 또 잔인한 짐승들과 군대들을 부를까,

— (마부와 꿈의 짐승들이 더없이 숨 막히는 큰 나무숲 아래 다시 일어나, 비단 샘물 속에 눈까지 잠기도록 나를 밀어 넣을까).

— 그리고 우리를 내쳐, 찰랑이는 물과 쏟아진 술 사이로 채찍질 당하며, 개들의 울부짖음으로 뒹굴도록 만들까…

— 하나의 숨결이 난롯불의 경계를 흩어버린다.

속된 야상곡

제목이 암시하는 것처럼, 시 전편에 리듬과 변화, 음운 효과를 강조하는 단어 배열 등 음악적 요소가 많다. 천한, 속된, 저속한, 천박한, 하찮은 등으로 해석될 수 있는 제목의 수식어(vulgaire)는 성적 환상과 유희적 글쓰기에 대한 자조 혹은 자만의 표현인 것 같다. "소돔"의 환기에서 보듯 불경의 뉘앙스도 담고 있다. "난롯불(foyers)"은 화덕, 아궁이, 집 등 현실의 표상인 동시에 꿈의 원천, "검은 광원"(「철야 III」)을 환기한다. 불빛과 어둠, 현실과 꿈의 경계가 흩어지고, 마치 현실의 방 안에 꿈의 영상이 펼쳐지듯 혹은 반대로 꿈의 공간에 현실의 잔영이 떠돌 듯 몽환경이 이어진다. 경계를 지우는 첫 "숨결"은 「도취의 아침」에서처럼 환각제의 흡입을 암시하는 것일 수 있다. 중요한 것은 모든 환상이 소리에서 비롯된다는 사실이다. "숨결"(souffle)을 구성하는 자음들(s, f, l)이 마치 내쉬는 숨결 따라 환상을 뿌리듯 반복된다. 그 흐름 속에서 나타나는 환영 같은 이미지, "달빛 형상들, 나뭇잎들, 젖가슴들"(figures lunaires, feuilles, seins)을 구성하는 단어들의 초성은 숨결의 지향점을 명시한다.

깊은 꿈 한가운데 희미하게 빛나는 그 근원적 환상, 금기의 영상은 마치 꿈의 검열에 의한 것처럼 사라지고, 곧 악몽이 이어진다. 악몽이 예감되는 후반부는 앞선 꿈의 흐름과 달리, 각 별행 앞줄표가 표상하듯, 불연속적 호흡과 불안한 의문으로 이루어져 있다. "솔림"(Solyme)은 성도 예루살렘을 가리킨다. 예루살렘 역시 "소돔"(Sodome)과 마찬가지로 신의 분노를 초래한 도시이기도 하다(「마태복음」, 11:23-24). "개들"(dogues)은 특히 불도그처럼 사나운 개들을

153

가리키며 음성적 유추로 환각제(drogue)를 떠올리게 한다. 마지막 숨결은 열렸던 환상의 경계를 다시 닫아버린다.

Nocturne vulgaire

Un souffle ouvre des brèches operadiques dans les cloisons, — brouille le pivotement des toits rongés, — disperse les limites des foyers, — éclipse les croisées. — Le long de la vigne, m'étant appuyé du pied à une gargouille, — je suis descendu dans ce carrosse dont l'époque est assez indiquée par les glaces convexes, les panneaux bombés et les sophas contournés — Corbillard de mon sommeil, isolé, maison de berger de ma niaiserie, le véhicule vire sur le gazon de la grande route effacée ; et dans un défaut en haut de la glace de droite tournoient les blêmes figures lunaires, feuilles, seins.

— Un vert et un bleu très foncés envahissent l'image. Dételage aux environs d'une tache de gravier.

— Ici, va-t-on siffler pour l'orage, et les Sodomes, — et les Solymes, — et les bêtes féroces et les armées,

— (Postillons et bêtes de songe reprendront-ils sous les plus suffocantes futaies, pour m'enfoncer jusqu'aux yeux dans la source de soie).

— Et nous envoyer, fouettés à travers les eaux clapotantes et les boissons répandues, rouler sur l'aboi des dogues···

— Un souffle disperse les limites du foyer.

155

Vulgar Nocturne

A breath opens operadic breaches in the partition walls, — blurs the pivoting of the corroded roofs, — disperses the boundaries of the hearths, — eclipses the cross-windows. — Along the vine, having rested with my foot on a gargoyle, — I stepped down into this coach whose period is amply indicated by its convex windows, bulging panels and curved sofas — Hearse of my sleep, isolated, shepherd's house of my inanity, the vehicle turns on the grass of the effaced highway ; and in a hollow at the top of the right-hand windowpane swirl pale lunar figures, leaves, breasts.

— A very deep green and blue invade the image. Unharnessing near a spot of gravel.

— Here, will we whistle for the storm, and the Sodoms, — and the Solymas, — and the fierce beasts and the armies,

— (Will postilion and beasts of dream rise again beneath the most suffocating forests, in order to sink me up to the eyes in the silken spring).

— And send us, whipped through the lapping waters and the spilled drinks, to roll over the barking of the mastiffs···

— A breath disperses the boundaries of the hearth.

바다 그림

　은빛 구릿빛 마차들 —
강철 은빛 뱃머리들 —
거품을 때리고, —
가시덤불 그루터기들을 파헤친다.
　광야의 흐름들과,
썰물의 광대한 바퀴자국들
원을 그리며 동쪽을 향하여 달려간다,
숲의 기둥들을 향하여, —
부두의 몸통들을 향하여,
그 모퉁이에 부딪히는 빛의 회오리들.

바다 그림

    다른 시와 달리 운문 형식을 띠고 있으며 자유시의 효시로 간주되기도 한다. 바다와 육지의 테마가 교차, 중첩되어 환상적 그림을 만든다. 역동적 이미지들의 연결을 마무리하는 "빛의 회오리들"은 절정의 표상이다. 그 빛은 「다리들」에서 증식되는 환상을 "무화"시키는 "흰 광선"을 연상시키기도 한다.

Marine

Les chars d'argent et de cuivre —

Les proues d'acier et d'argent —

Battent l'écume, —

Soulèvent les souches des ronces.

Les courants de la lande,

Et les ornières immenses du reflux

Filent circulairement vers l'est,

Vers les piliers de la forêt, —

Vers les fûts de la jetée,

Dont l'angle est heurté par des tourbillons de lumière.

Seascape

Chariots of silver and of copper —

Prows of steel and of silver —

Beat the foam, —

Uproot the stumps of thornbushes.

The currents of the heath,

And the immense ruts of the reflux

Run circularly toward the east,

Toward the pillars of the forest, —

Toward the trunks of the jetty,

Whose edge is struck by whirlwinds of light.

겨울 축제

　폭포 소리가 오페라코미크의 오두막집들 뒤로 울려 퍼진다. 불꽃 다발들이 메안데르 강 근처 과수원들과 오솔길들 속에서, — 석양의 녹색과 붉은색 들을 이어간다. 제1제정 시절의 머리 모양을 한 호라티우스의 님프들, — 시베리아의 원무(圓舞), 부셰의 중국 여인들.

겨울 축제

메안데르는 멘데레스 강의 옛 이름으로 소아시아 남서부의 굴곡이 많은 강을 가리킨다. 현재 굴곡 무늬나 굽이를 뜻하는 보통명사로 쓰인다. 제1제정은 나폴레옹 I세의 통치 시기(1804-1814). 부셰(François Boucher, 1703-1770)는 장식적 그림과 삽화, 만화 등 다양한 작품 활동을 한 로코코 시대의 화가. 융단 장식 밑그림을 많이 그린 그는 당시 "프랑스 화가 중 가장 중국적"이라 일컬어졌다. "시베리아의 원무"는 "원무를 추는 시베리아 사람들"로 번역될 수도 있다. 동떨어진 시대와 장소, 서로 다른 시간과 공간의 병치, 그리고 배경과 인물의 환상적 병합 등은 『일류미네이션』에서 흔히 볼 수 있는 선구적 초현실주의 기법이다. 폭포, 물줄기, 불꽃놀이, 축제 등의 이미지가 중첩된 저녁 하늘을 바탕으로 님프와 춤과 여인의 광대한 환상이 펼쳐진다.

Fête d'hiver

La cascade sonne derrière les huttes d'opéra-comique. Des girandoles prolongent, dans les vergers et les allées voisins du Méandre, — les verts et les rouges du couchant. Nymphes d'Horace coiffées au Premier Empire, — Rondes Sibériennes, Chinoises de Boucher.

Winter Festival

The waterfall resounds behind the comic opera huts. Girandoles prolong, in the orchards and the lanes near the Meander, —the greens and the reds of the sunset. Horace's Nymphs with hair dressed in the First Empire style, — Siberian Roundelays, Boucher's Chinese women.

고뇌

그럴 수 있을까, **그녀**가 끊임없이 짓밟힌 내 열망들을 용서
받게 해주고, — 편안한 결말이 궁핍의 시기를 보상해주고, —
어느 성공의 날이 우리의 숙명적 미숙함에 대한 수치심을 덮
고 우리가 잠들게 해줄 수 있을까,

(오 종려나무 잎들! 다이아몬드! — 사랑, 힘! — 모든 환희
들과 영광들보다 더 높이! — 어떻게든, 어디서나, — 악마, 신
— 바로 이 존재의 청춘, 나!)

과학적 환상의 사건들과 사회적 유대의 움직임들이 최초의
자유의 점진적 복원처럼 소중히 여겨질 수 있을까?…

그러나 우리를 얌전하게 만드는 그 **흡혈귀**는 그녀가 우리에
게 남겨주는 것을 갖고 놀든가, 그렇지 않으면 우리가 더 우습
게 되라고 명한다.

굴러라, 상처투성이로, 진저리나는 공기와 바다를 타고, 고
통받으며, 위협적인 물들과 공기의 침묵을 타고, 웃음 짓는 고
문과 함께, 끔찍하게 울부짖는 침묵 속으로.

고뇌

　여성명사인 "고뇌"가 "그녀"로, "흡혈귀"로 의인화되었다. 강압적이었던 어머니의 부정적 이미지, 거세적인 모성이 반영된 것이기도 하다. "나"의 고뇌가 "나"를 억압하고 분열시킨다. 분열의 양상은 실패와 영광, 악마와 신, 고통과 환희, 자학과 자부를 혼동하게 할 만큼 강렬하다. "과학적 환상의 사건들과 사회적 유대의 움직임들"은 언어의 마법을 통해 태어나는 존재들과 사물들의 끝없는 "퍼레이드"가 펼쳐지는 『일류미네이션』의 상상 세계를 가리키고, "최초의 자유"는 원죄 이전의 상태를 의미하는 듯하다. "반 복음적 기도"가 엿보이는 대목이다.

Angoisse

Se peut-il qu'Elle me fasse pardonner les ambitions continuellement écrasées, — qu'une fin aisée répare les âges d'indigence, — qu'un jour de succès nous endorme sur la honte de notre inhabileté fatale,

(Ô palmes! diamant! — Amour, force! — plus haut que toutes joies et gloires! — de toutes façons, partout, — Démon, dieu — Jeunesse de cet être-ci, moi!)

Que des accidents de féerie scientifique et des mouvements de fraternité sociale soient chéris comme restitution progressive de la franchise première?...

Mais la Vampire qui nous rend gentils commande que nous nous amusions avec ce qu'elle nous laisse, ou qu'autrement nous soyons plus drôles.

Rouler aux blessures, par l'air lassant et la mer ; aux supplices, par le silence des eaux et de l'air meurtriers ; aux tortures qui rient, dans leur silence atrocement houleux.

Anguish

Can it be that She makes me pardon the ambitions continually squashed, — that an easy end repairs the ages of indigence, — that a day of success lulls us to sleep on the shame of our fatal incompetence,

(O palms! diamond! — Love, strength! — higher than all joys and glories! — in any case, everywhere, — Demon, god — Youth of this very being, me!)

That accidents of scientific fantasy and movements of social brotherhood are cherished as the progressive restitution of original freedom?···

But the Vampire who makes us gentle commands that we have fun with what she leaves us, or that otherwise we become funnier.

To roll in wounds, through the wearying air and the sea ; in torments, through the silence of the murderous waters and air ; in tortures that laugh, into their atrociously swelling silence.

메트로폴리탄

인디고 해협으로부터 오시안의 바다까지, 와인 빛 하늘이 씻어놓은 장밋빛 오렌지빛 모래 위로 솟아나 서로 교차되는 수정의 대로들 위에 이제 막 자리 잡은 젊고 가난한 가족들은 과일 가게에서 양식을 구한다. 부유함이라곤 없다. ― 도시!

암갈색 사막으로부터, 애도하는 대양이 만들 수 있는 가장 음산한 검은 연기에 감싸인 채 휘어져 물러났다 내려오는 하늘까지 끔찍하게 떼 지어 펼쳐진 겹겹의 안개와 함께, 패하여 일직선으로 달아나는 투구들, 바퀴들, 작은 배들, 말 엉덩이들. ― 전투!

고개를 들어보라. 휘어진 저 나무다리, 사마리아의 마지막 채소밭들, 차가운 밤이 후려치는 등불에 채색되는 저 가면들, 강 아래쪽 바스락거리는 옷을 입은 천진난만한 물의 요정, 완두콩밭에 빛나는 해골들 ― 그리고 다른 환영들 ― 전원.

작은 숲들을 겨우 가두고 있는 철책과 벽들을 따라 이어지는 길들, 그리고 마음들과 누이들이라 불릴 법한 끔찍한 꽃들, 길이로 영벌을 내리는 다마스쿠스, ― 여전히 고대인들의 음악을 맞아들이기에 적합한, 라인강 저편, 일본, 과라니 등 요정 나라 귀족들의 영지들 ― 그리고 이미 더 이상 영원히 열리지 않는 주막들이 있고 ― 공주들이 있고, 또 네가 너무 짓눌리지 않았다면, 천체 연구가 있다 ― 하늘.

아침이면 **그녀**와 함께, 너희는 눈빛 섬광들, 초록 입술들, 빙산들, 검은 깃발들과 푸른 광선들, 그리고 극지 태양의 자줏빛 향기들 속에서 뒤엉켰다, — 너의 힘.

메트로폴리탄

텍스트는 다섯 부분으로 나뉘어져 있고, 각 부분은 내용을 종합하는 하나의 단어로 수렴된다. 전편에 걸쳐 빛과 색의 이미지가 넘친다. 특히 인디고, 와인, 장미, 오렌지, 수정 등 다채로운 빛의 형상들이 나타나는 첫 단락, 반면 암갈색, 애도, 검은 연기, 짙은 안개 등으로 그 생생함을 덮어버리는 두 번째 단락, 그리고 눈빛, 초록, 검정, 푸른색, 자주 등 화려한 빛의 스펙트럼이 펼쳐지는 끝 단락이 그렇다. 마치 모든 것이 빛과 색채의 변화와 조화로부터 잉태되는 듯하다. 빛의 채색에 의해 창조되는 환상의 행렬, 그것은 이 시뿐 아니라 『일류미네이션』 전체에 대한 요약이자 시집 제목에 대한 정의이기도 하다.

오시안은 3세기경 켈트족의 전설적인 음유시인이자 용사로 18세기에 널리 알려졌으며 유럽의 낭만주의 시인들에게 영향을 끼쳤다. 사마리아는 성경에 나오는 고대 북이스라엘의 도성이다. 사마리아와 대립 관계였던 다마스쿠스는 현재 시리아의 수도이며 기원전 2500년 무렵에 세워진 가장 오래된 도시다. 사도 바울의 개종 이야기가 담긴 "다마스쿠스로 가는 길"은 극적인 삶의 전환을 의미한다. "영벌을 내리는 다마스쿠스"(Damas damnant)라는 표현은 음운 효과를 이용하여 그 일반적 의미를 비틀고 있다. 동일한 모음과 끝소리 자음으로 이루어진 "마음들"(coeurs), "누이들"(soeurs)과 "꽃들"(fleurs)의 결합 또한 단순 음운 효과를 이용한 상투적 연상에 대한 풍자로 읽힌다. "끔찍한"으로 옮겨진 단어("atroces")에는 "지긋지긋한"이라는 의미도 있다. 과라니는 파라과이 브라질 등지의 원주민으로, 그 지역은 17세기와 18

171

세기에 걸쳐 예수회 선교사들이 유토피아적 교권 정치를 펼친 곳으로 알려져 있기도 하다.

원문에서 "고개를 들어보라"까지는 랭보의 필체이고, 그 이하 "과라니"라는 단어를 제외한 나머지는 당시의 동반자였던 시인 제르맹 누보(Germain Nouveau)의 필사다. 텍스트의 "너"는 원고 전사자이자 도제이자 독자인 그의 존재를 우선 환기하지만, 일반 독자는 물론 작가 자신도 연루한다. 랭보와 누보가 1874년 봄 함께 체류했던 런던에는 1863년에 개통된 런던 지하철(Metropolitan Railway)과 1868년 개통된 교외선(Metropolitan District Railway)이 운영되고 있었다. 그 도시의 풍경이 영감의 단초가 될 수는 있었겠지만, 다른 시들에서와 마찬가지로 지시되고 묘사되는 모든 것은 "환영들"이다. "메트로폴리탄"이라는 제목은 단순히 지하철을 가리키는 것이 아니라, 본국, 메트로폴리스 등 주변 지역을 통합하는 대도시의 속성을 의미한다. 그러한 확장성이 이 시와 여러 다른 시들에 나타나는 건축적 상상력의 특징이다.

Métropolitain

Du détroit d'indigo aux mers d'Ossian, sur le sable rose et orange qu'a lavé le ciel vineux viennent de monter et de se croiser des boulevards de cristal habités incontinent par de jeunes familles pauvres qui s'alimentent chez les fruitiers. Rien de riche. — La ville!

Du désert de bitume fuient droit en déroute avec les nappes de brumes échelonnées en bandes affreuses au ciel qui se recourbe, se recule et descend, formé de la plus sinistre fumée noire que puisse faire l'Océan en deuil, les casques, les roues, les barques, les croupes. — La bataille!

Lève la tête : ce pont de bois, arqué ; les derniers potagers de Samarie ; ces masques enluminés sous la lanterne fouettée par la nuit froide ; l'ondine niaise à la robe bruyante, au bas de la rivière ; les crânes lumineux dans les plants de pois — et les autres fantasmagories — la campagne.

Des routes bordées de grilles et de murs, contenant à peine leurs bosquets, et les atroces fleurs qu'on appellerait cœurs et sœurs, Damas damnant de longueur, — possessions de féeriques aristocraties ultra-Rhénanes, Japonaises, Guaranies, propres encore à recevoir la musique des anciens — et il y a des auberges qui pour toujours n'ouvrent déjà plus — il y a des princesses, et si tu n'es pas trop accablé, l'étude des astres — le ciel.

Le matin où avec Elle, vous vous débattîtes parmi les éclats de neige, les lèvres vertes, les glaces, les drapeaux noirs et les rayons bleus, et les parfums pourpres du soleil des pôles, — ta force.

Metropolitan

From the indigo strait to the seas of Ossian, on the rose and orange sand washed by the vinous sky, crystal boulevards have just risen and crossed, immediately occupied by poor young families who get their food at the fruit stands. Nothing rich. — The city!

From the bituminous desert there flee straight in rout with sheets of fog spread in horrible bands in the sky that bends, recedes and descends, formed of the most sinister black smoke that the Ocean in mourning can produce, helmets, wheels, boats, rumps. — The battle!

Raise your head : this wooden bridge, arched ; the last vegetable gardens of Samaria ; those masks illuminated under the lantern lashed by the cold night ; the silly undine in her noisy dress, down by the river ; the luminous skulls in the pea plants — and the other phantasmagories — the country.

Roads bordered by railings and walls, scarcely containing their groves, and the atrocious flowers that might be called hearts and sisters, Damascus damning in its length, — possessions of fairy-tale aristocracies ultra-Rhenish, Japanese, Guaranian, still fit to receive the music of the ancients — and there are inns that now never open anymore — there are princesses, and if you are not too overwhelmed, the study of the stars — the sky.

The morning when with Her, you struggled among the sparkles of

175

snow, the green lips, the glaciers, the black flags and the blue rays, and the purple perfumes of the polar sun, — your strength.

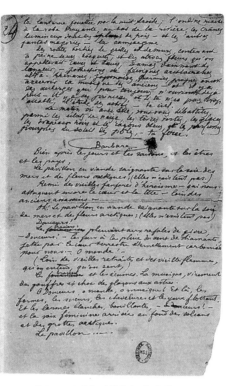

「메트로폴리탄」과 「야만」 육필 원고

야만

날들과 계절들, 존재들과 나라들이 지나가고 한참 후,

(실재하지 않는) 북극의 꽃들과 바다들의 비단 위로 피 흘리는 살(肉)의 나팔.

오랜 영웅주의의 팡파르로부터 풀려나 ─ 그 소리 아직도 우리의 마음과 머리를 덮치지만 ─ 옛 암살자들에게서 멀리 벗어나 ─

오! (실재하지 않는) 북극의 꽃들과 바다들의 비단 위로 피 흘리는 살의 나팔.

감미로움!

불덩어리들이 서릿발 돌풍으로 쏟아져 내리고, ─ 이 감미로움! ─ 우리를 위해 영원히 타들어가는 대지의 심장이 다이아몬드 비바람으로 내지르는 불길들. ─ 오 세계여! ─

(들려오는, 느껴지는, 오랜 소굴들과 오랜 불꽃들로부터 멀리 벗어나,)

불덩어리들과 거품들. 음악, 선회하는 심연들, 별들에 부딪치는 얼음덩어리들.

오 감미로움, 오 세계, 오 음악이여! 저기, 형체들, 땀들, 머리카락들과 눈들이 떠돌고 있다. 끓어오르는, 하얀 눈물들, ─ 오 감미로움! ─ 그리고 북극의 동굴들과 화산들 밑바닥에 다다른 여인의 목소리.

나팔…

178

야만

불과 얼음, 적과 백의 이미지들의 충돌과 결합이 시를 엮고 있다. 진술은 이어지지 않고 가파른 호흡의 탄성이 반복되다가 목소리는 결국 침묵에 이른다. 탄성의 어조와 "팡파르", "암살자들", 불과 얼음 같은 표현들은 「도취의 아침」을 연상시키기도 하지만, 「야만」의 이미지는 그보다 원색적이다. 분열된 언어, 분열된 존재, 분열된 육체의 환상은 죽음과 삶이 교접하는 에로스의 깊은 지층을 지시한다. "감미로움"은 소멸과 생성의 느낌이 교차하는 환희 속에 모든 실재의 형상이 원소로 환원된 새로운 "세계"의 환각을 요약한다. 제목 "야만"은 현재의 시공간과 문명으로부터 이탈한 존재의 환상과 그 환상의 원초적 표현을 동시에 함축한다. 원초적 환상의 중심에 있는 단어 "나팔"은 마치 쿠르베(Courbet)의 그림 〈세상의 기원〉을 해부하는 요소처럼 읽힌다. "나팔"의 원어(pavillon)는 작은 빌라, 닫집, 천막 장식, 덮개, 깃발, 나팔 모양의 바깥귀 부분 등 여러 의미를 내포하며, 특히 "깃발"로 해석되는 경우가 많다. 그러나 어떤 해석도 텍스트의 난해성을 뚫지 못한다.

Barbare

Bien après les jours et les saisons, et les êtres et les pays,

Le pavillon en viande saignante sur la soie des mers et des fleurs arctiques ; (elles n'existent pas.)

Remis des vieilles fanfares d'héroïsme — qui nous attaquent encore le cœur et la tête — loin des anciens assassins —

Oh! Le pavillon en viande saignante sur la soie des mers et des fleurs arctiques ; (elles n'existent pas)

Douceurs!

Les brasiers pleuvant aux rafales de givre, — Douceurs! — les feux à la pluie du vent de diamants jetée par le cœur terrestre éternellement carbonisé pour nous. — Ô monde! —

(Loin des vieilles retraites et des vieilles flammes, qu'on entend, qu'on sent,)

Les brasiers et les écumes. La musique, virement des gouffres et choc des glaçons aux astres.

Ô Douceurs, ô monde, ô musique! Et là, les formes, les sueurs, les chevelures et les yeux, flottant. Et les larmes blanches, bouillantes, — ô douceurs! — et la voix féminine arrivée au fond des volcans et des grottes arctiques.

Le pavillon···

Barbaric

Long after the days and the seasons, and the beings and the countries,

The pavillon of bleeding meat on the silk of arctic seas and flowers ; (they do not exist.)

Released from the old fanfares of heroism — that still attack our heart and head — far from the ancient assassins —

Oh! The pavillon of bleeding meat on the silk of arctic seas and flowers ; (they do not exist)

Sweetness!

Blazing fires raining in gusts of frost, — Sweetness! — fires in the rain of the wind of diamonds, rain hurled by the earth's heart eternally carbonized for us. — O world! —

(Far from the old retreats and the old flames, that we hear, that we feel,)

Blazing fires and foams. Music, wheeling of chasms and shock of ice floes against the stars.

O Sweetness, o world, o music! And there, forms, sweats, hairs and eyes, floating. And white tears, boiling, — o sweetness! — and the feminine voice reaching to the bottom of the arctic volcanos and grottos.

The pavillon···

바겐세일

판매함. 유태인들도 팔지 않은 것, 귀족도 범죄도 맛보지 못한 것, 저주받은 사랑과 군중들의 끔찍한 성실성이 모르는 것, 시간이나 과학은 알 바 없는 것,

재구성된 **목소리들,** 합창과 오케스트라의 온갖 에너지들의 우애로운 각성과 즉각적인 적용들, 우리의 감각들을 해방할, 유일한, 기회!

판매함. 모든 종족, 모든 세상, 모든 성, 모든 혈통에서 벗어난, 값을 매길 수 없는 **육체들!** 내딛는 걸음마다 솟아나는 재물들! 다이아몬드들의 무제한 세일!

판매함. 군중들을 위한 무정부 상태, 상급 애호가들을 위한 억누를 수 없는 만족, 신자들과 연인들을 위한 잔혹한 죽음!

판매함. 주거와 이주, 운동, 몽환경과 완벽한 안락함, 그리고 그들이 만들어내는 소리와 움직임과 미래!

판매함. 계산의 적용과 들어본 적 없는 화음의 분출들. 추측하지도 못한 발상들과 표현들, 즉각적 소유,

보이지 않는 광채, 느낄 수도 없는 희열 속의 무지무지한, 무한한 도약, ─ 그리고 매번의 악행에 대한 어마어마한 그 비밀들 ─그리고 대중을 위한 무시무시한 그 즐거움 ─

─ 판매함. **육체들,** 목소리들, 의문의 여지 없는 막대한 호사로움, 결코 누구도 팔지 않을 것들. 판매자들의 세일은 끝이 없음! 여행자들은 거래를 그리 일찍 끝낼 것 없음!

바겐세일

시집 전체를 종합하는 대표적 시다. 그런 이유로 재편집된 시집의 마지막에 배치되곤 한다. 그만큼 다른 시들을 지시하는 메타 언어적 속성이 강하다. "판매"되는 모든 것은 다른 시들이 육화하려 했던 것들의 나열이다. 목소리와 육체들을 비롯한 소리와 형상, 움직임들은 『일류미네이션』에 산재하는 "놀라운 이미지들", "전설적 환영들"을 나타낸다. 종합적 관점이 투사된 또 다른 시 「정령」이 장엄하고 웅변적이라면, 「바겐세일」의 어조는 다소 비관적이고 조소적이다. 세일 물품들, 즉 글쓰기의 산물인 환상의 피조물과 재물들을 바라보는 시선 속에는 무한한 자부심과 무위의 의구심이 공존한다. 환상의 여행자, 즉 독자의 존재가 환기되는 이유가 거기 있다. "바겐세일"이 굳이 종결을 의미하는 것은 아니다. 새로운 "소음들과 환영들"을 따라 "출발"은 반복된다(「출발」). 생산과 판매, 환상과 환멸, 글쓰기와 버리기는 『일류미네이션』에서 지속되는 사이클의 두 국면이다.

Solde

À vendre ce que les juifs n'ont pas vendu, ce que noblesse ni crime n'ont goûté, ce qu'ignorent l'amour maudit et la probité infernale des masses : ce que le temps ni la science n'ont pas à reconnaître :

Les Voix reconstituées ; l'éveil fraternel de toutes les énergies chorales et orchestrales et leurs applications instantanées ; l'occasion, unique, de dégager nos sens!

À vendre les Corps sans prix, hors de toute race, de tout monde, de tout sexe, de toute descendance! Les richesses jaillissant à chaque démarche! Solde de diamants sans contrôle!

À vendre l'anarchie pour les masses ; la satisfaction irrépressible pour les amateurs supérieurs ; la mort atroce pour les fidèles et les amants!

À vendre les habitations et les migrations, sports, féeries et comforts parfaits, et le bruit, le mouvement et l'avenir qu'ils font!

À vendre les applications de calcul et les sauts d'harmonie inouïs. Les trouvailles et les termes non soupçonnés, possession immédiate,

Élan insensé et infini aux splendeurs invisibles, aux délices insensibles, — et ses secrets affolants pour chaque vice — et sa gaîté effrayante pour la foule —

— À vendre les Corps, les voix, l'immense opulence inquestionable, ce qu'on ne vendra jamais. Les vendeurs ne sont pas à bout de solde! Les voyageurs n'ont pas à rendre leur commission de si tôt!

Sale

For sale what the Jews have not sold, what neither nobility nor crime have tasted, what cursed love and the infernal probity of the masses do not know : what neither time nor science have to recognize :

The Voices reconstituted ; the fraternal awakening of all choral and orchestral energies and their instantaneous applications ; the opportunity, unique, to release our senses!

For sale the Bodies without price, beyond any race, any world, any sex, any lineage! Riches gushing at every step! Sale of diamonds without control!

For sale anarchy for the masses ; irrepressible satisfaction for superior amateurs ; atrocious death for the faithful and the lovers!

For sale habitations and migrations, sports, fantasies, perfect comforts, and the noise, the movement and the future they make!

For sale applications of calculation and unheard-of leaps of harmony. Discoveries and terms not suspected, immediate possession,

Insane and infinite uprush in invisible splendors, intangible delights, — and its frightening secrets for every vice — and its terrifying gaiety for the crowd —

— For sale the Bodies, the voices, the immense, unquestionable opulence, what will never be sold. The vendors are not at the end of their sale! The travelers do not have to render their accounts so soon!

요정

엘렌을 위하여 결합한 것은 순결한 어둠 속의 장식적 수액들과 천체의 침묵 속의 냉정한 빛들. 여름의 열기는 소리 없는 새들에게 위임되었고 무기력은 죽은 사랑과 가라앉은 향기들의 물굽이를 통해 값을 매길 수 없는 장례 배에 청구되었다.

— 나무꾼 여인들의 노래가 숲의 잔해 아래 급류 소리로, 가축들 방울 소리가 계곡의 메아리로 이어지고, 대초원의 함성들이 울리는 순간이 지난 뒤. —

엘렌의 유년기를 위하여 전율한 것은 모피들과 어둠들, — 그리고 가난한 자들의 가슴, 그리고 하늘의 전설들.

그리고 보석의 광채보다, 차가운 감응보다, 특별한 장식과 시간의 즐거움보다 더 우월한 그녀의 눈들과 그녀의 춤.

요정

프랑스어 단어(féerie, 요술, 요정 세계, 몽환경)에 준하는 영어 제목 (Fairy)은 몽환적 배경과 존재를 동시에 지시한다. 「아름다운 존재」와 같은 주술적 형상화와 다음 시 「전쟁」과 같은 서술적 어조가 공존한다. "결합"으로 번역된 단어(conjurer)에는 결탁, 공모, 주술 등의 의미도 있다. 엘렌(Hélène)은 트로이에 대항해서 그리스인들이 단합해 찾으러 간 신화의 여인 헬레네(Helene)를 소환한다. 헬레나(Helena)가 나오는 『한여름 밤의 꿈』의 요정의 나라를 환기하기도 한다. 르네상스의 시인 롱사르(Ronsard)가 찬미했던 여인 엘렌(Hélène)도 연상시킨다. 세상의 아름다움을 응축한 상상의 여성상을 육화하기 위하여 빛과 어둠, 소리와 향기, 하늘과 땅과 시간 등 온갖 요소들이 자기장을 형성한다. 두 번에 걸쳐 "어둠"으로 옮겨진 단어(ombres)에는 그림자, 환영, 유령들이라는 의미도 있다.

Fairy

Pour Hélène se conjurèrent les sèves ornamentales dans les ombres vierges et les clartés impassibles dans le silence astral. L'ardeur de l'été fut confiée à des oiseaux muets et l'indolence requise à une barque de deuils sans prix par des anses d'amours morts et de parfums affaissés.

— Après le moment de l'air des bûcheronnes à la rumeur du torrent sous la ruine des bois, de la sonnerie des bestiaux à l'écho des vals, et des cris des steppes. —

Pour l'enfance d'Hélène frissonnèrent les fourrures et les ombres, — et le sein des pauvres, et les légendes du ciel.

Et ses yeux et sa danse supérieurs encore aux éclats précieux, aux influences froides, au plaisir du décor et de l'heure uniques.

Fairy

For Hélène the ornamental saps in the virgin shadows conspired with the impassive lights in the astral silence. The ardor of summer was entrusted to mute birds and the indolence was required to a mourning boat without price through coves of dead loves and fallen perfumes.

— After the moment of the woodswomen's song to the sound of the torrent below the ruin of the woods, of the ringing of the cattle bells to the echo of the valleys, and of the cries of the steppes. —

For Hélène's childhood the furs and the shadows shivered, — and the bosom of the poor, and the legends of the sky.

And her eyes and her dancing superior even to the precious sparkles, the cold influences, the pleasure of the unique setting and hour.

전쟁

어릴 적, 몇몇 하늘들이 나의 시각을 정련하였고, 온갖 기질들이 나의 표정에 색조를 입혔다. **현상들**이 요동쳤다. — 지금은, 순간들의 영원한 변화와 수학의 무한이, 기이한 유년기와 엄청난 애정으로 존중받으며 모든 시민적 성공을 겪고 있는 이 세상에서 나를 내몰고 있다. — 나는 법으로 아니면 힘으로, 아주 뜻밖의 논리로, **전쟁**을 할 생각이다.

그것은 음악 소절만큼 단순하다.

전쟁

"나"는 "지금" 세상의 변경에 있다. "어릴 적" 기억은 현실의 것이라 기보다 가령 「유년기」에서와 같은 "다른 세상"(「노동자들」)에 대한 것 같다. 꿈꾸고 구축하고 스스로 "시민"으로 살던 그 상상의 세계로부터 벗어나려는 "지금", "나"는 다시 그 세계로의 몰입을 생각한다. 환상과 환멸의 두 국면처럼, 몰입과 이완, 진입과 축출 혹은 퇴거의 사이클은 반복된다. 진퇴의 열쇠는 늘 그렇듯 음악이다.

Guerre

Enfant, certains ciels ont affiné mon optique : tous les caractères nuancèrent ma physionomie. Les Phénomènes s'émurent. — À présent, l'inflexion éternelle des moments et l'infini des mathématiques me chassent par ce monde où je subis tous les succès civils, respecté de l'enfance étrange et des affections énormes. — Je songe à une Guerre, de droit ou de force, de logique bien imprévue.

C'est aussi simple qu'une phrase musicale.

War

In childhood, certain skies refined my seeing : all characters nuanced my physiognomy. Phenomena were stirred. — At present, the eternal inflection of moments and the infinity of mathematics chase me away through this world where I undergo all civil successes, respected by strange childhood and enormous affections. — I think of a War, of right or of force, of logic quite unforeseen.

It is as simple as a musical phrase.

청년기

I

일요일

계산을 접으면, 피할 수 없는 하늘의 하강과 추억들의 방문과 리듬들의 회기가 체류를, 머리와 정신세계를 점유한다.

— 말 한 마리가 교외 경마장에서, 경작지와 조림지를 따라, 탄소 흑사병에 꿰뚫려, 달아난다. 세상 어딘가, 어느 드라마의 불행한 여인이 있을 수 없는 버림을 받고 한숨짓는다. 무법자들은 폭풍우와 도취와 상처로 쇠약해져 간다. 어린아이들은 강가에서 불행에 숨이 막힌다. —

모여 무리 속으로 다시 올라가는 게걸스러운 작품의 소리를 따라 연구를 계속해 보자.

II

소네트

보통 성분의 *인간*, 그 살은
과수원에 달린 과실이 아니던가, — 오
어린 날들! — 육체는 탕진할 보물이 아니던가. — 오
사랑은, 프시케의 위험인가 힘인가? 대지는

왕족들과 예술가들로 풍요로운 면면이 있었으나,

후손과 종족이 그대를 범죄와 비탄으로

몰아갔다. 세상은 그대의 재산이자 그대의

위험. 그러나 지금, 그 노역이 충족되었으니, — 너, 너의 계산들,

— 너, 너의 조바심들 — 이제 그대의 춤이자

그대의 목소리일 뿐, 고정되지 않고 전혀 강제되지도 않은 춤과 목소리, 다만

창의와 성공의 이중 사건에 의한 것 + 이성,

— 우애 있고 사려 깊은 인류 속, 세상 널리,

이미지는 없지만. — 힘과 법이 반영하는 것은

지금에야 존중되는 그 춤과 목소리다.

III

스무 살

교시하던 목소리들은 추방되고… 육체적 무구함은 쓰라리게 가라앉고… — 아다지오 — 아! 청춘의 무한한 이기주의, 학구적 낙관주의, 지난여름 세상은 꽃들로 가득했는데! 노래들과 형태들은 죽어가고… — 합창으로, 무기력과 부재를 달래주었으면! 유리의 합창, 밤의 선율들… 정말 기력이 급속히

달린다.

IV

너는 아직도 앙투안의 유혹에 빠져 있구나. 줄어든 열정의
유희, 유치한 자부심으로 인한 경련, 의기소침 그리고 두려움.
　그래도 너는 이 작업에 착수하라. 모든 조화로운 건축의 가
능성들이 너의 자리 주위로 요동할 것이다. 뜻밖의, 완전한 존
재들이 너의 체험들로 나타날 것이다. 너의 근처에 옛 무리들
과 한가로운 호사의 진기함이 꿈처럼 몰려들 것이다. 너의 기
억과 너의 감각들은 너의 창조적 충동의 양식일 뿐이리라. 그
럼 세상은, 네가 나갈 때면, 무엇이 되어 있을까? 어쨌든, 지금
의 모습은 전혀 아닐 것이다.

청년기

「유년기」처럼 연작으로 구성되어 있다. 현실과 기억과 환상의 중첩, 활력과 환멸의 연속은 두 작품 모두 유사하지만, 「청년기」의 상상적 부피감은 「유년기」보다 아무래도 감퇴한 듯하다. 젊음의 힘과 의혹, 기다림과 쓰라림, 자부심과 회의가 전편을 가로지른다.

I
일요일

지상의 체류와 "다른 세상"의 환상이 교차한다. 줄표로 묶인 두 번째 단락은 음악과 추억과 상상의 "점유" 현상이다. 소속과 정체가 모호한 그 단편적 이미지들을 엮어내는 것이 "연구"의 목적이고 이어지는 「소네트」의 내용이다.

II
소네트

원고는 정형시 소네트를 패러디한 듯 14행으로 이루어져 있다. 서두는 또한 베를렌의 소네트 「색욕」(Luxures)의 첫 행, "살! 오 이 세상 과수원에서 깨문 유일한 과실"의 패러디 같다. 형식적으로나 내용적으로 옛것과 현재가 대립한다. 창세기의 선악과를 비롯해서 성경과 신화 등 옛 이야기들에 대한 암시가 전반부를 구성하고, "그러나 지금"부터는 현재의 작업 혹은 "연구"에 관한 노트인 듯 불분명한 기호

(+)와 불완전한 문장 요소들로 이루어져 있다. '나'를 반추하는 "너",
그리고 '나'와 보편 "인간"과 "새로운 인간들"(「이성에게」) 모두를 소환
하는 듯한 "그대(들)" 사이의 교착이 독서를 더욱 어렵게 한다. 해방
된 ─ 무엇으로부터든 ─ 현재의 상태에 대한 긍정은, 일시적이지만,
분명하다.

III
스무 살

창작의 리듬은 느려졌다가("아다지오") 기원과 함께 다시 빨라진다
("급속히"). 영감을 이끌던 목소리는 사라지지만 재현의 갈망은 지속
된다. 사라지는 것들에 대한 아쉬움은 현실의 삶의 변화에 대한 것이
기도 하다. 이 글을 쓸 무렵으로 추정되는 1874년 랭보는 스무 살이
된다(10월 20일).

IV

1874년 4월 결정본이 출판된 플로베르(Flaubert)의 소설 『성 앙투안
의 유혹』은 브뤼헬(Pieter Brueghel)의 동명 그림(16C)을 보고 영감을 받
아 쓴 것으로 3세기에 태어난 은둔 수도승 앙투안(안토니우스)의 이
야기다. 금욕적 수도생활(monasticism)의 초석이 된 성자 앙투안은 사
막에서 홀로 기도하고 명상하는 과정에서 옛 기억과 남은 욕망으로

인한 온갖 환각에 시달린다. 이 테마는 바이런(Byron)의 「카인」이나 괴테(Goethe)의 『파우스트』에서도 다루어졌다. 무엇을 참조했든 랭보가 환기하는 것은 단절된 세상과 욕망의 환상이다. 시인이 지칭하는 "너"는 대개의 경우처럼 '나'를 생각하는("On me pense") 또는 '내'가 생각하는 '내' 안/밖의 "타자"("Je est un autre")다. 창조의 작업대에 "나타날" 것들이 바깥세상에서 비롯된 욕망의 미혹인지 내면세계의 매혹인지 구분하기는 어렵다. "네가 나갈" 세상, '내'가 벗어날 세상이 지금까지 살아온 현실 세계인지 혹은 '내'가 구축하고 잠시 머문 상상의 세계인지 분간하기는 더 어렵다.

Jeunesse

I

Dimanche

Les calculs de côté, l'inévitable descente du ciel et la visite des souvenirs et la séance des rhythmes occupent la demeure, la tête et le monde de l'esprit.

— Un cheval détale sur le turf suburbain, et le long des cultures et des boisements, percé par la peste carbonique. Une misérable femme de drame, quelque part dans le monde, soupire après des abandons improbables. Les desperadoes languissent après l'orage, l'ivresse et les blessures. De petits enfants étouffent des malédictions le long des rivières. —

Reprenons l'étude au bruit de l'œuvre dévorante qui se rassemble et remonte dans les masses.

II

Sonnet

Homme de constitution ordinaire, la chair
n'était-elle pas un fruit pendu dans le verger, — ô
journées enfantes! — le corps un trésor à prodiguer ; — ô

aimer, le péril ou la force de Psyché? La terre

avait des versants fertiles en princes et en artistes,

et la descendance et la race vous poussaient aux

crimes et aux deuils : le monde votre fortune et votre

péril. Mais à présent, ce labeur comblé, — toi, tes calculs,

— toi, tes impatiences — ne sont plus que votre danse et

votre voix, non fixées et point forcées, quoique d'un double

événement d'invention et de succès + une raison,

— en l'humanité fraternelle et discrète par l'univers,

sans images ; — la force et le droit réfléchissent la

danse et la voix à présent seulement appréciées.

III

Vingt ans

Les voix instructives exilées⋯ L'ingénuité physique amèrement
rassise⋯ — Adagio — Ah! l'égoïsme infini de l'adolescence,
l'optimisme studieux : que le monde était plein de fleurs cet
été! Les airs et les formes mourant⋯ — Un chœur, pour calmer
l'impuissance et l'absence! Un chœur de verres, de mélodies
nocturnes⋯ En effet les nerfs vont vite chasser.

IV

Tu en es encore à la tentation d'Antoine. L'ébat du zèle écourté, les tics d'orgueil puéril, l'affaissement et l'effroi.

Mais tu te mettras à ce travail : toutes les possibilités harmoniques et architecturales s'émouvront autour de ton siège. Des êtres parfaits, imprévus, s'offriront à tes expériences. Dans tes environs affluera rêveusement la curiosité d'anciennes foules et de luxes oisifs. Ta mémoire et tes sens ne seront que la nourriture de ton impulsion créatrice. Quant au monde, quand tu sortiras, que sera-t-il devenu? En tout cas, rien des apparences actuelles.

Youth

I

Sunday

Calculations put aside, the inevitable descent of the sky and the visit of memories and the session of rhythms occupy the dwelling, the head and the world of the spirit.

— A horse, pierced by the carbonic plague, runs off on the suburban turf, and along the cultivated fields and the woodlands. A miserable woman of drama, somewhere in the world, sighs for improbable desertions. Desperadoes languish after storms, drunkenness and wounds. Little children stifle of misfortunes along the rivers. —

Let us resume our study in the noise of the devouring work which gathers and rises again among the masses.

II

Sonnet

Man of ordinary constitution, was not the flesh
a fruit hanging in the orchard, — o
child days! — the body a treasure to squander ; — o

203

to love, the peril or the power of Psyche? The earth

had aspects fertile in princes and in artists,

and lineage and race drove you to

crimes and mournings : the world your fortune and your

peril. But at present, that labor fulfilled, — you, your calculations,

— you, your impatiences — are no more than your dance and

your voice, not fixed and not at all forced, although of a double

event of invention and success + a reason,

— in fraternal and discreet humanity through the universe,

without images ; — force and right reflect the

dance and the voice, appreciated only at present.

III

Twenty years old

Instructive voices exiled⋯ Physical ingenuousness bitterly
subsided⋯ — Adagio — Ah! the infinite egoism of adolescence,
the studious optimism : how full of flowers the world was that
summer! Airs and forms dying⋯ — A chorus, to calm impotence
and absence! A chorus of glasses, of nocturnal melodies⋯ Indeed
the nerves are quickly running off.

IV

You are still subject to the temptation of Anthony. The frolic of diminished zeal, the twitches of puerile pride, the depression and the dread.

But you will set yourself to this work : all harmonic and architectural possibilities will be stirred around your seat. Perfect beings, unforseen, will offer themselves to your experiments. Around you will flow dreamily the curiosity of ancient crowds and idle luxuries. Your memory and your senses will only be the nourishment of your creative impulse. As for the world, when you go out, what will it have become? In any case, nothing like present appearances.

곶

금빛 새벽과 전율하는 저녁이, 에피루스와 펠로폰네소스만
큼, 혹은 일본의 큰 섬만큼, 혹은 아라비아만큼이나 광대한 곳
을 형성하고 있는 저 **빌라**와 부속건물들 맞은편에 길게 떠 있
는 우리의 범선을 찾아든다! 사절단 행렬의 귀환으로 불 밝혀
지는 신전들, 현대적 해안들로 이루어진 방어망의 광대한 경
관, 불타는 꽃들과 바쿠스 축제들로 환히 빛나는 모래언덕들,
카르타고의 대운하들과 베네치아를 닮은 **제방들**, 에트나 화산
들의 잔잔한 분출과 꽃과 물 어우러진 빙하들의 크레바스, 독
일 포플러들로 둘러싸인 공동 세탁장들, 일본 **나무들**이 고개
숙이고 있는 기이한 공원의 비탈들, 스카보로나 브루클린의
"로열" 혹은 "그랜드" 호텔들의 원형 외벽들, 그리고 그것들을
잇는 철로들이 이탈리아, 아메리카와 아시아의 가장 우아하고
거대한 건축들의 역사에서 선정 배치된 저 **대저택**의 건물들을
휘감고, 뚫고, 솟아나오고, 이제 풍요로운 조명과 술과 미풍 가
득한 창문들과 테라스들은 여행자들과 귀족들의 정신을 향해
열려 있으니 — 빛이 있는 시간에는, 해안들의 모든 타란텔라
들이, — 그리고 예술로 빛나는 계곡들의 리토르넬로들까지도,
궁궐-곶의 외벽들을 경이롭게 장식한다.

곳

    텍스트는 두 문장으로 구성되어 있고, 두 번째 문장은 원문에서는 일곱 개의 세미콜론과 많은 쉼표, 그리고 두 개의 줄표로 이어져 있다. 그 긴 나열은 거대한 로마식 "빌라" 혹은 "대저택"의 부속건물들의 배열에 준한다. 글의 진행은 축조의 과정 그 자체다. 시간을 초월한 한 줄기 빛("금빛 새벽과 전율하는 저녁")으로부터 자연과 건축의 결합물인 "궁궐-곳"이 완성되기까지, 그리스의 북서부 지방 에피루스, 남쪽의 펠로폰네소스 반도, 일본과 아라비아, 이탈리아, 독일 등, 세상 곳곳의 지명들이 세상 어디에도 없는 풍경을 만들기 위해 소환된다. 역사적인 건축물들을 환기하고 해체하고 재창조하는 글쓰기의 움직임은 배치된 건물들을 잇는 "철로들"의 움직임에 반영되어 있다. 끝부분의 "이제"는 글쓰기의 수행을 암시하고, 마지막의 줄표들은 묘사 대상에 다시 거리를 부여한다. 시인과 함께 "범선"에 있는 "우리"("여행자들" 혹은 독자들)의 "정신"적 참여를 통해서 지형이자 건물인 "궁궐-곳"은 완성된다. 타란텔라(tarentelles)는 18세기 말, 19세기 초 이탈리아 나폴리의 경쾌한 민속 무용과 무곡이고, 음운동조로 연상된 듯한 리토르넬로(ritournelles)는 17세기, 18세기의 오페라에서 반복되는 짧은 간주곡이나 빠른 3박자 무곡을 가리킨다. 상상의 풍경을 마무리하는 관건은 다른 곳에서도 그렇듯 음악이다.

Promontoire

L'aube d'or et la soirée frissonnante trouvent notre brick en large en face de cette Villa et de ses dépendances, qui forment un promontoire aussi étendu que l'Épire et le Péloponnèse, ou que la grande île du Japon, ou que l'Arabie! Des fanums qu'éclaire la rentrée des théories, d'immenses vues de la défense des côtes modernes ; des dunes illustrées de chaudes fleurs et de bacchanales ; de grands canaux de Carthage et des Embankments d'une Venise louche ; de molles éruptions d'Etnas et des crevasses de fleurs et d'eaux des glaciers ; des lavoirs entourés de peupliers d'Allemagne ; des talus de parcs singuliers penchant des têtes d'Arbre du Japon ; et les façades circulaires des «Royal» ou des «Grand» de Scarbro' ou de Brooklyn ; et leurs railways flanquent, creusent, surplombent les dispositions de cet Hôtel, choisies dans l'histoire des plus élégantes et des plus colossales constructions de l'Italie, de l'Amérique et de l'Asie, dont les fenêtres et les terrasses à présent pleines d'éclairages, de boissons et de brises riches, sont ouvertes à l'esprit des voyageurs et des nobles — qui permettent, aux heures du jour, à toutes les tarentelles des côtes, — et même aux ritournelles des vallées illustres de l'art, de décorer merveilleusement les façades du Palais-Promontoire.

Promontory

Golden dawn and shivering evening find our brig lying wide opposite that Villa and its dependencies, which form a promontory as extensive as Epirus and the Peloponnesus, or as the large island of Japan, or as Arabia! Temples lit up by the return of the mission processions, immense views of the defense of modern coasts ; dunes illustrated with flaming flowers and bacchanalia ; grand canals of Carthage and Embankments of a dubious Venice ; mild irruptions of Etnas and crevasses of flowers and waters in glaciers ; washhouses surrounded by German poplars ; banks of singular parks inclining the heads of Japanese Tree ; and the circular facades of the "Royal" or the "Grand" of Scarborough or Brooklyn ; and their railways flank, tunnel, overhang the arrangements of that Hotel, selected from the history of the most elegant and the most colossal structures of Italy, America and Asia, whose windows and terraces, at present full of rich lights, drinks and breezes, are open to the spirit of the travelers and the nobles — which permit, during daylight hours, all the tarantellas of the coasts, — and even the ritornellos of the illustrious valleys of art, to decorate marvelously the facades of the Palace-Promontory.

무대 장면들

옛 **코미디**가 화음들을 지속하며 **목가들**을 분할한다.

간이극장들 들어선 큰길들.

자갈밭 끝에서 끝까지 긴 나무다리 부두가 있고, 야만의 무리가 헐벗은 나무들 아래 돌아다닌다.

검은 베일의 회랑들 속에서는, 랜턴과 나뭇잎을 든 산책자들의 발길을 따라간다.

신비극의 새들이 관객들의 조각배들로 뒤덮인 섬 무리를 따라 움직이는 석조 작업선 위로 달려든다.

플루트와 북의 반주가 이어지는 서정적인 장면들이 천장 아래 마련된 구석방들 속으로, 현대적 클럽 살롱들 혹은 옛 **동방**의 홀들 주위로 기울어 든다.

몽환극이 잡목림으로 뒤덮인 원형극장 꼭대기에서 운행한다, ─ 혹은 보이오티아 사람들을 위해서, 경작지들의 능선 위로 움직이는 큰 숲의 음영 속에서 요동치며 변조한다.

오페라코미크가 관람석과 조명 불빛들 사이에 설치된 열 개의 칸막이들이 교차되는 지점의 무대 위에서 분할된다.

무대 장면들

음악과 함께 이어지는 "옛 코미디"는 고대나 근대의 연극일 수도 있고 다른 앞선 시들에서 펼쳐진 연극적 상상력의 산물일 수도 있다. 음악이 무대를 펼치고 무대가 장면을 소환한다. 움직임의 주체는 생성하고 번식하는 무대의 광경들 그 자체다. 무대의 확장이 곧 장면들의 연출이다. 그 몽환적 움직임은 무대와 객석의 경계, 연극과 관객의 거리, 사물과 생물의 구분, 시대와 공간의 한계 등을 초월한다. 보이오티아는 고대 그리스의 도시 국가이며, 아테네인들은 그곳 주민들을 우둔하고 무지하다고 평했다고 한다.

Scènes

L'ancienne Comédie poursuit ses accords et divise ses Idylles :
Des boulevards de tréteaux.

Un long pier en bois d'un bout à l'autre d'un champ rocailleux où la foule barbare évolue sous les arbres dépouillés.

Dans des corridors de gaze noire, suivant le pas des promeneurs aux lanternes et aux feuilles.

Des oiseaux des mystères s'abattent sur un ponton de maçonnerie mû par l'archipel couvert des embarcations des spectateurs.

Des scènes lyriques accompagnées de flûte et de tambour s'inclinent dans des réduits ménagés sous les plafonds, autour des salons de clubs modernes ou des salles de l'Orient ancien.

La féerie manœuvre au sommet d'un amphithéâtre couronné par les taillis, — Ou s'agite et module pour les Béotiens, dans l'ombre des futaies mouvantes sur l'arête des cultures.

L'opéra-comique se divise sur notre scène à l'arête d'intersection de dix cloisons dressées de la galerie aux feux.

Scenes

Ancient Comedy pursues its harmonies and divides its Idylls :
Boulevards of stages.

A long wooden pier from one end to the other of a gravelly field
where the barbarous crowd moves about under the bare trees.

In corridors of black gauze, following the steps of promenaders
with lanterns and leaves.

Birds from mystery plays swoop down upon a masonry pontoon
moved by the archipelago covered with the spectators' boats.

Lyrical scenes accompanied by flute and drum slope down into
recesses arranged under the ceilings, around salons of modern
clubs or halls of the ancient Orient.

The fairy spectacle maneuvers at the top of an amphitheater
crowned with thickets, — Or wavers and modulates for the
Boeotians, in the shadow of swaying forest trees on the crest of
cultivated fields.

The comic opera is divided on our stage at the line of intersection
of ten partitions set up between the gallery and the footlights.

역사적인 저녁

어느 저녁, 예를 들어, 순진한 관광객이 우리의 경제적 끔찍함에서 물러나 있을 때, 어느 거장의 손길이 초원의 클라브생을 일깨우면, 여왕들과 어여쁜 여자아이들을 비추는 거울 같은 연못 속 깊은 곳에 카드놀이를 하는 사람들이 보이고, 성녀들, 베일들, 화음의 아들들, 그리고 전설적인 색채 환각들이 석양 위로 나타난다.

그는 사냥 행렬과 유목민들이 지나가는 것을 보고 소스라친다. 코미디는 간이극장 잔디 위에 방울져 내린다. 그러면 그 터무니없는 장면들을 보며 가엾고 허약한 사람들이 느끼는 당혹감이란!

예속된 그의 시야에, — 독일은 달들을 향해 쌓여 오르고, 타타르 사막들은 환하게 밝혀진다 — 옛 반란들이 **천하 제국** 중심에서, 왕들의 계단들과 의자들마다 들끓고 — 희미하고 밋밋한 작은 세상, 아프리카와 서양이 세워질 것이다. 그리고 이어지는 널리 알려진 바다들과 밤들의 무용극, 값싼 화학 변회, 그리고 불가능한 선율들.

우편 마차가 우리를 내려놓는 곳마다 똑같은 부르주아적 마술이 펼쳐진다! 아무리 초급 물리학자라도 그 개인적인 분위기에, 확인만으로도 낙담이 되는, 그 육체적 회한의 안개 같은 환경에 순응하는 것이 더 이상 가능하지 않다는 것을 감지한다.

그렇다! — 비등(沸騰)의 순간, 솟구친 바다들, 지하의 큰불들, 날아간 혹성, 그리고 결과적 절멸 등의 확실함은 성경과 노르넨에 의해 너무나 장난스럽지도 않게 지시되어 있지만 사려 깊은 존재라면 주시해야 할 것이다. — 그렇지만 그것은 전혀 전설의 결과가 아니다!

역사적인 저녁

　"순진한 관광객"은 「무대 장면들」의 "관객"이고 「곳」의 "여행자들"이자 우리 독자들이다. "경제적 끔찍함"은 축약과 비밀스러운 ― "개인적인 분위기"의 ― 상징들로 가득해서 해독이 힘겨운 『일류미네이션』의 시들을 지시하는 듯하다. "거장의 손길"은 마술 같은 상상 여행으로의 초대이자 조롱 섞인 ― 자조적인 ― 유희의 표현이다. 그의 손길 따라 어디서나, "어느 저녁"에나 무수히 나타날 수 있는 "역사적인" 혹은 "전설적인" 광경들은 결국 역사의 "저녁"으로 이어진다. 마지막 부분은 『일류미네이션』의 여러 "놀라운 이미지들"을 연상시키는 한편 세상의 종말을 예고한다. 묵시록적 암시는 「대홍수 이후」, 「유년기」를 비롯해서 여러 시편에 나타난다. 마지막 문장은 모든 환영과 환각이 "전설"처럼 허황된 것이 아니라 언어적, 논리적, 과학적 혹은 예지적으로 구성된 것이라는 의미로 읽힌다.

　"태양과 함께 / 가버린 바다"(「영원」)와 같이 빛으로 솟구치고 증발하여 사라지는 바다와 대지 깊은 곳에 이글거리는 불은 시인의 강박적 이미지들이다. "노르넨"은 스칸디나비아 신화에 나오는 운명과 예언의 여신들이다.

　"화음의 아들들"(산물들)로 번역된 원어(les fils d'harmonie)는 화음의 실들로 해석될 수도 있으며, 그리스 신화에서 하나같이 소멸의 운명을 맞이하는 여신 하르모니아(Harmonia)의 자식들을 참조한 것일 수 있다. "타타르"는 그리스 신화의 지하 세계 깊은 곳을 표상하는 태초의 신이자 공간인 타르타로스를 환기하는 것일 수도 있다.

Soir historique

En quelque soir, par exemple, que se trouve le touriste naïf, retiré de nos horreurs économiques, la main d'un maître anime le clavecin des prés ; on joue aux cartes au fond de l'étang, miroir évocateur des reines et des mignonnes, on a les saintes, les voiles, et les fils d'harmonie, et les chromatismes légendaires, sur le couchant.

Il frissonne au passage des chasses et des hordes. La comédie goutte sur les tréteaux de gazon. Et l'embarras des pauvres et des faibles sur ces plans stupides!

À sa vision esclave, — l'Allemagne s'échafaude vers des lunes ; les déserts tartares s'éclairent — les révoltes anciennes grouillent dans le centre du Céleste Empire, par les escaliers et les fauteuils de rois — un petit monde blême et plat, Afrique et Occidents, va s'édifier. Puis un ballet de mers et de nuits connues, une chimie sans valeur, et des mélodies impossibles.

La même magie bourgeoise à tous les points où la malle nous déposera! Le plus élémentaire physicien sent qu'il n'est plus possible de se soumettre à cette atmosphère personnelle, brume de remords physiques, dont la constatation est déjà une affliction.

Non! — Le moment de l'étuve, des mers enlevées, des embrasements souterrains, de la planète emportée, et des exterminations conséquentes, certitudes si peu malignement indiquées dans la Bible et par les Nornes et qu'il sera donné à l'être sérieux de surveiller. — Cependant ce ne sera point un effet de légende!

Historic Evening

On some evening, for example, when the naive tourist finds himself retired from our economic horrors, the hand of a master animates the harpsichord of the meadows ; people play cards at the bottom of the pond, mirror evocative of queens and favorites ; there are saintesses, veils, and sons of harmony, and legendary chromatisms, in the sunset.

He shudders at the passing of hunts and hordes. Comedy drips on the grass stages. And the confusion of the poor and the week over those stupid scenes!

In his slavish vision, — Germany raises herself on scaffolds toward moons ; Tartar deserts light up — ancient revolts swarm in the center of the Celestial Empire, along stairways and armchairs of kings — a little world, pale and flat, Africa and Occidents, will be built. Then a ballet of well-known seas and nights, a worthless chemistry, and impossible melodies.

The same bourgeois magic at all points where the mailcoach deposits us! The most elementary physicist feels that it is no longer possible to submit to this personal atmosphere, mist of physical remorse, whose ascertainment is already an affliction.

No! — The moment of the seething, of the seas raised up, of the subterranean conflagrations, of the planet swept away, and of the consequent exterminations, certitudes indicated with so little malice in the Bible and by the Norns and which it will be granted to the serious person to watch. — Nevertheless this will by no means be an effect of legend!

보톰

내 고귀한 성격에는 현실이 너무나 가시투성이라서, ― 그렇긴 하지만 나는 나의 귀부인 집에서, 천장 쇠시리를 향하여 날아올라 저녁 어둠 속에 날개를 끄는 커다란 청회색 새가 되어 있었다.

나는, 그녀의 사랑스러운 보석들과 그녀의 육체적 걸작들을 떠받치는 침대 닫집의 발치에 있는, 보라색 잇몸에 털은 우수로 백발이 되고 눈은 콘솔의 수정과 은으로 된 커다란 곰이었다.

모든 것이 어둠에 불타는 수족관이 되었다.

아침에, ― 전투적인 유월 새벽, ― 나는 당나귀가 되어 들판을 달리며, 나의 불만을 나팔 불고 내두르다, 교외의 사비나 여인들이 나의 가슴팍으로 달려드는 곳에 이르렀다.

보톰

원고에 지워진 원제는 "변신"(Métamorphoses)이다. "보톰"(Bottom)은 셰익스피어의 『한여름 밤의 꿈』에 나오는 인물로서 천한 아테네 직공이지만 마법에 의해 당나귀 머리로 변하여 미약에 취한 요정들의 여왕 티타니아의 열렬한 사랑을 받는다. 고대 로마 작가 아풀레이우스의 『변신 혹은 황금 당나귀』의 주인공 역시 당나귀로 변신하여 여인들과 관계를 맺는다. 제목의 보통명사로서의 "밑바닥"이라는 의미는 "나"의 억압된 상태를 암시한다. 숭배의 대상인 "나의 귀부인"은 「대홍수 이후」의 "*** 부인" 혹은 "여왕", "마녀"일 수도 있고, 「고뇌」의 "그녀", "흡혈귀"일 수도 있고, 「메트로폴리탄」의 "그녀"일 수도 있다. 고압적 혹은 억압적인 그녀의 존재가 "나"의 부단한 변신을 초래한다. "나"는 갇힌 "새"에서 카펫처럼 침대와 탁자에 짓눌린 "곰"으로, 그리고 잠재적 어류 혹은 어둠의 물로의 환원을 거쳐 달아나는 "당나귀"로 변신한다. 첫 번째 문장은 원인과 양보의 의미가 혼재하는 비틀린 표현으로 수용과 저항의 이중 심리를 나타내고, 마지막 문장은 성적 욕구불만과 해소의 강한 표현들을 내포하고 있다. "사비나 여인들"은 고대 로마의 전설에서 이웃 지역인 사비나의 여인들을 약탈했던 로마인들의 일화를 상기시킨다. "교외의 사비나 여인들"은 19세기 파리의 성벽 주변에 거주했던 매춘부들이라고 풀이되기도 한다.

Bottom

La réalité étant trop épineuse pour mon grand caractère, — je me trouvai néanmoins chez ma dame, en gros oiseau gris bleu s'essorant vers les moulures du plafond et traînant l'aile dans les ombres de la soirée.

Je fus, au pied du baldaquin supportant ses bijoux adorés et ses chefs-d'œuvre physiques, un gros ours aux gencives violettes et au poil chenu de chagrin, les yeux aux cristaux et aux argents des consoles.

Tout se fit ombre et aquarium ardent.

Au matin, — aube de juin batailleuse, — je courus aux champs, âne, claironnant et brandissant mon grief, jusqu'à ce que les Sabines de la banlieue vinrent se jeter à mon poitrail.

Bottom

Reality being too thorny for my great character, — I found myself nonetheless at my lady's, an big blue-gray bird soaring toward the moldings of the ceiling and dragging my wing in the shadows of the evening.

I was, at the foot of the baldachin supporting her adored jewels and her physical masterpieces, a big bear with violet gums and fur hoary of grief, with eyes of crystal and silver of the consoles.

All became shadow and glowing aquarium.

In the morning, — bellicose dawn of June, — I ran to the fields, an ass, trumpeting and brandishing my grievance, until the Sabine women of the suburbs came to throw themselves on my breast.

UNE PAGE DU MANUSCRIT DES ILLUMINATIONS
(Collection de M. Pierre Berès.)

Les *Illuminations* sont-elles de 1872, comme le voulaient Ernest Delahaye et Paterne Berrichon, — ou postérieures à *Une saison en enfer* (1873), ainsi que l'affirmait Verlaine?
Nous avons pensé qu'il fallait interroger sur ce point le manuscrit et son écriture. Peut-on arriver à dater celle-ci? Toute la question est là.
C'est ce problème que le présent livre va s'efforcer de résoudre.

「보톰」과 「H」 육필 원고

H

온갖 기괴함이 오르탕스의 잔혹한 몸짓들을 능욕한다. 그녀의 고독은 관능의 공학, 그녀의 피로는 사랑의 역학이다. 유년기의 감시 아래, 그녀는, 수많은 시대에 걸쳐, 종족의 열렬한 건강법이었다. 그녀의 문은 불행을 향해 열려 있다. 그곳에서, 현 존재들의 도덕성은 그녀의 열정이나, 그녀의 행동으로 해체된다. — 오 피로 물든 땅 위로, 빛나는 수소를 타고 흐르는, 순진한 사랑들의 끔찍한 전율! 오르탕스를 찾아라.

H

『일류미네이션』의 도발적인 글쓰기를 대변하는 텍스트다. 기호 제 목을 대체하는 또 다른 기호 "오르탕스"(Hortense, Hortensia)는 가령 나 폴레옹 I세의 황비 조세핀의 딸이자 나폴레옹 III세의 어머니인 네덜 란드 여왕(Hortense de Beauharnais) 같은 실제의 인물을 가리키는 것일 수도 있고, 가상의 인물일 수도 있고, 그저 기호의 허상일 수도 있다. 『일류미네이션』에는 "오르탕스"와 같은 알파벳으로 시작되는 이름이 여럿 있다. 「노동자들」의 "엔리카"(Henrika), 「요정」의 엘렌(Hélène), 그 리고 「기도」의 다슈비(d'Ashby, /d'HB/) 등, 모두 실체를 확인할 수 없 는 여성적 그림자들이다. 던져진 수수께끼의 해답을 "아슈"로 발음되 는 제목 기호로부터 해시시(Haschich, "아쉬슈")라고 유추하거나, 베를 렌의 시(「나란히 Parallèlement」)를 참조하여 동성애(Homosexualité)라고 제시하기도 하고, 기호의 모양과 소리에서 연상되는 기요틴의 도끼 (Hache, "아슈")라고 푸는 등 분분한 해석이 있지만, 어느 것도 텍스트 전체를 밝히기에는 부족하다. 가장 유력한 풀이는 제목과 같은 알파 벳으로 시작되는 "습관"(Habitude)이라는 단어를 통해 자위행위를 묘 사한 것이라는 해석이다. 나폴레옹 III세를 조롱하는 어느 시에서 랭 보가 같은 문맥으로 사용한 적이 있는 그 단어는 두 번째 문장의 "고 독"(solitude) 및 "피로"(lassitude)와 운이 같다. 그러나 굳이 표현할 수 있는 것을 하나의 이름이나 문자로 감추었다고 생각하기보다 "표현 할 수 없는 것"(l'exprimable)을 하나의 빈 기호로 표시해 두었다고 생 각할 수도 있다. 이를테면 훗날 프로이트가 규명할 리비도, 혹은 무 의식을 지배하는 이항 본능인 에로스와 타나토스를 지시하는 것일 수 있다. 가해 행위("기괴함")와 피해 대상("잔혹한 몸짓")이 허상과 실상처럼 혼동되는 거울 놀이를 연상시키는 첫머리가 그러한 기호의 속성을 예고하는 듯하다.

H

Toutes les monstruosités violent les gestes atroces d'Hortense. Sa solitude est la mécanique érotique, sa lassitude, la dynamique amoureuse. Sous la surveillance d'une enfance, elle a été, à des époques nombreuses, l'ardente hygiène des races. Sa porte est ouverte à la misère. Là, la moralité des êtres actuels se décorpore en sa passion, ou en son action. — Ô terrible frisson des amours novices, sur le sol sanglant et par l'hydrogène clarteux! trouvez Hortense.

H

All the monstrosities violate the atrocious gestures of Hortense. Her solitude is erotic mechanics, her lassitude, amorous dynamics. Under the surveillance of a childhood, she has been, in numerous epochs, the ardent hygiene of races. Her door is open to misery. There, the morality of present beings is disembodied in her passion, or in her action. — O terrible shiver of naive loves, on the bloody ground and through the bright hydrogen! find Hortense.

움직임

강물 쏟아지는 벼랑 위 굽이치는 움직임,
뱃고물 쪽 소용돌이,
비탈의 가파름,
물살의 거대한 진행 들이
전대미문의 빛들과
화학적 새로움으로
계곡과 급류의 물기둥들에 둘러싸인 여행자들을
실어 간다.

그들은 세상의 정복자들,
개개인의 화학적 자산을 찾는다.
운동과 안락함이 그들과 함께 여행한다.
그들은 이 **배**에
종족들, 계층들과 동물들의 교육을 싣고 간다.
휴식과 현기증
대홍수의 빛 속,
연구에 바쳐진 끔찍한 밤들.

왜냐하면 기구들 — 피, 꽃들, 불, 보석들 — 속에서의 한담
에서,
이 달아나는 갑판 위에서의 소란스러운 계산에서,

— 움직임을 이끄는 물길 저 너머 제방처럼 달리며,

기괴하게, 끝없이 불 밝혀지는, — 그들의 연구용 재고가 보이니까, —

화음의 열광과

발견의 영웅심 속으로 내몰린 그들이니까.

가장 놀라운 대기의 파란들 속에

젊은 한 쌍이 방주 위에 스스로 고립되어,

— 옛 야만성을 용인하는 것일까? —

노래하며 위치를 잡는다.

움직임

시 형태는 「바다 그림」처럼 자유시와 흡사하다. 「바다 그림」과 내용도 유사하다. 「바다 그림」의 끝머리에 나타나는 물과 "빛의 회오리들"이 이곳에서 굽이굽이 소용돌이친다. 다른 시들 곳곳에 예고 또는 회고되던 "대홍수"가 여기서는 진행형이다. 여행의 목적을 밝히는 두 번째 단락은 「바겐세일」에서 "판매"되는 품목들을 연상시킨다. ― "판매함. 모든 종족, 모든 세상, 모든 성, 모든 혈통에서 벗어난, 값을 매길 수 없는 육체들! 내딛는 걸음마다 솟아나는 재물들! 다이아몬드들의 무제한 세일! […] 주거와 이주, 운동, 몽환경과 완벽한 안락함, 그리고 그들이 만들어내는 소리와 움직임과 미래!" ― 이곳의 "여행자들"은 다른 곳보다 능동적인 "정복자들"이다. 이 "여행자들"은 세상 사람들, "군중들", 독자들일 수도 있고, 상상의 공간과 몽환의 빛속에 떠도는 인물들, "육체들, 목소리들", "환영들"일 수도 있다. "연구", "계산", "도구들", "영웅심" 등은 해독의 어려움을, "화학적 자산", "빛", "화음의 열광" 등은 깨달음의 즐거움을 표상한다. 모든 움직임 끝에 "방주 위에" 우뚝 서는 "젊은 한 쌍"은 「창세기」의 노아와 그의 아내를 대신하여 새로운 세상의 목가, 새로운 생육과 번성을 예고한다. 끝부분의 의문은 성서의 패러디에 대한 궁극적 자조처럼 읽힌다.

「움직임」 육필 원고

Mouvement

Le mouvement de lacet sur la berge des chutes du fleuve,

Le gouffre à l'étambot,

La célérité de la rampe,

L'énorme passade du courant

Mènent par les lumières inouïes

Et la nouveauté chimique

Les voyageurs entourés des trombes du val

Et du strom.

Ce sont les conquérants du monde

Cherchant la fortune chimique personnelle ;

Le sport et le comfort voyagent avec eux ;

Ils emmènent l'éducation

Des races, des classes et des bêtes, sur ce Vaisseau.

Repos et vertige

À la lumière diluvienne,

Aux terribles soirs d'étude.

Car de la causerie parmi les appareils, — le sang, les fleurs, le feu, les bijoux —

Des comptes agités à ce bord fuyard,

— On voit, roulant comme une digue au delà de la route

hydraulique motrice,

    Monstrueux, s'éclairant sans fin, — leur stock d'études ; —

    Eux chassés dans l'extase harmonique

    Et l'héroïsme de la découverte.

    Aux accidents atmosphériques les plus surprenants

    Un couple de jeunesse s'isole sur l'arche,

    — Est-ce ancienne sauvagerie qu'on pardonne? —

    Et chante et se poste.

Movement

The winding movement on the bank of the river falls,

The whirlpool at the sternpost,

The swiftness of the slope,

The enormous passing of the current

Conduct through unheard-of lights

And chemical novelty

The travelers surrounded by waterspouts of the valley

And the strom.

They are the conquerors of the world

Seeking their personal chemical fortune ;

Sport and comfort travel with them ;

They carry the education

Of races, classes and animals, on this Vessel.

Repose and vertigo

In diluvial light,

In terrible nights of study.

For from the talk among the apparatus, — blood, flowers, fire,
jewels —

From the agitated calculations on this fugitive deck,

— You see, rolling like a dyke beyond the hydraulic power road,

Monstrous, lighting up endlessly, — their stock of studies ; —

Themselves driven into the harmonic ecstasy

And the heroism of discovery.

In the most amazing atmospheric accidents

A youthful couple isolates itself on the ark,

— Is it ancient savagery that is pardoned? —

And sings and takes its post.

기도

나의 누이 루이즈 바낭 드 보링겜에게, — 북해 쪽으로 향한 그녀의 푸른 수녀 모자. — 난파된 사람들을 위하여.

나의 누이 레오니 오부아 다슈비에게. 바우 — 윙윙거리고 악취 풍기는 여름풀. — 어머니들과 아이들의 열성을 위하여.

뤼뤼, — 악마 — **여자 친구들**의 시대와 불완전한 교육의 기도실들에 대한 취향을 간직한 그에게. 남자들을 위하여! *** 부인에게.

나였던 청소년에게. 이 성자 같은 노인에게, 은둔인지 사명인지.

가난한 자들의 영혼에게. 그리고 아주 높은 성직자에게.

또한 순간의 갈망들 혹은 우리 자신의 심각한 악행에 따라, 들러야 하는 이런저런 행사들 속에서 그리고 그 어떤 기념 숭배 장소 안에서의 모든 숭배에게.

오늘 저녁, 물고기처럼 불룩하고, 열 달의 붉은 밤처럼 불그레한, 높은 빙산 지대의 시르세토에게, — (그의 호박색 부싯불 심장), — 이 밤의 지역들처럼 소리 없는, 그리고 이 극지의 카오스보다 더 격렬한 솜씨로 이어질 나 혼자만의 기도를 위하여.

모든 가치에게, 모든 노래들과 함께, 형이상학적 여행들 속에서까지. — 그러나 더 이상 *이제* 없다.

기도

　성모와 성인들, 천사들의 이름을 부르며 올리는 천주교의 호칭 기
도를 흉내 낸 시다. 비밀스러운 이름들로 가득한 유사 기도 속에 숭
배와 불경, 열성과 조롱이 뒤섞여 있다. "기도"로 번역된 제목의 라틴
어 어원(devotio)에는 봉헌, 기원 등의 의미와 함께 저주, 악담 등의 의
미도 있다. 실재 인물과 가상의 존재가 겹쳐 보이는 이름들을 결정
짓는 것은 무엇보다 단어의 의미나 소리의 유추, 철자의 조합들이다.
가령 "오부아 다쉬비"(Aubois d'Ashby)는 "숲에서"(Au bois)라는 표현과
알파벳 "아슈"(H), "비"(B)로 이루어져 있다. 「요정」의 "엘렌"(Hélène)
이 "엘"(L)과 "엔"(N)의 발음으로 구성된 것과 유사하다. "엘렌" 외에
"엔리카"(Henrika, 「노동자들」)와 "오르땅스"(Hortense, 「H」)도 "H"로 시
작된다. "아슈"(H), "엘"(L), "비"(B)의 조합이 『일류미네이션』에 출몰
하는 여인들의 신비를 품고 있는 듯하다. 반면 "뤼뤼"(Lulu)는 한때 동
반자였던 베를렌의 여성화된 이름으로 곧잘 풀이된다. "악마"라는 호
칭이 그를 연상시킬 뿐 아니라("악마 박사", 「방랑자들」), "여자 친구들"
이라는 지칭이 그가 몰래 발표한 시집의 제목과 같다는 이유에서다.
그러나 그 또한 하나의 가정일 뿐이나. "뤼뤼"에게 보내는 기도 속에
성별을 초월한 동성애적 암시가 있는 것은 분명하다. 보통명사로 "뤼
뤼"는 작은 종달새를 의미한다. 미지의 이름들 외에 미상의 표현도
있다. 뜻 모를 단어 "바우"(Baou)에 대한 해석은 말레이시아어의 악취
(bau), 영어의 경배(bow), 라틴어의 개 짖는 소리(baubari), 지방 사투
리, 혹은 고대 이집트의 주술적 경구 등 분분하지만, 어떤 것도 설득
력이 없다. 그 역시 "오부아"(Au bois) 혹은 새벽(aube)에서 비롯된 글

자 유희로서 앞뒤 문맥을 잇는 단순한 의성어 감탄사라고 생각하는 것이 낫다.

기도는 네 번째 구절에서 내향성을 띤다. "청소년"과 "성자"는 자아의 여러 모습을 반추하는 「청년기」를 상기시킨다. 그들은 "무수한 다른 삶"을 가진 "나"의 다른 면면이다. 기도의 정점에서 나타나는 이름 "시르세토"(Circéto)는 시르세(Circé, 키르케)와 세토(Céto, 케토)의 합성어 같다. 시르세는 태양신 헬리오스의 딸로 사람을 동물로 바꾸는 마법을 부리는 아름다운 마녀다. "나"를 여러 동물로 변신시키는 「보톰」의 "귀부인"을 연상시키는 존재다. 세토는 바다의 신 폰토스의 딸로서 그 이름은 "고래" 혹은 "바다 괴물"을 의미하며, 메두사, 케르베로스, 카마이라, 히드라 등 수많은 괴물들의 모체다. "부싯불"로 옮겨진 단어는 "spunck"와 "spunk" 중 어느 것이 맞는지 원고가 없어 확인이 불가능하지만 후자는 존재하는 단어이고, 전자일 경우도 후자의 — 의도적 혹은 무의식적 — 오기일 수 있다. "spunk"의 의미망에는 용기, 부싯깃, 불똥, 정액(sperme) 등이 있다. 이 단어의 성적 함축성을 고려하면 "기도"에 담긴 조롱 혹은 자조 혹은 자위의 의미를 실감할 수 있다. 온 세상 사람에게, 온갖 방향으로 향하던 기도는 결국 "나", 구심점으로 환원된다.

마지막 가파른 결말로 나타나는 강조된 단어 "이제"(alors)의 의미 역시 미상이다. 이 단어는 과거(그때, 그 당시)와 미래(그래서, 그다음)의 뉘앙스를 동시에 내포한다. 따라서 마지막 말은 과거로의 회귀 부정 같기도 하고, 소진의 의미가 담긴 침묵의 선행사 같기도 하다.

Dévotion

À ma sœur Louise Vanaen de Voringhem : — Sa cornette bleue tournée à la mer du Nord. — Pour les naufragés.

À ma sœur Léonie Aubois d'Ashby. Baou — l'herbe d'été bourdonnante et puante. — Pour la fièvre des mères et des enfants.

À Lulu, — démon — qui a conservé un goût pour les oratoires du temps des Amies et de son éducation incomplète. Pour les hommes! À madame ***.

À l'adolescent que je fus. À ce saint vieillard, ermitage ou mission.

À l'esprit des pauvres. Et à un très haut clergé.

Aussi bien à tout culte en telle place de culte mémoriale et parmi tels événements qu'il faille se rendre, suivant les aspirations du moment ou bien notre propre vice sérieux.

Ce soir à Circeto des hautes glaces, grasse comme le poisson, et enluminée comme les dix mois de la nuit rouge, — (son cœur ambre et spunk), — pour ma seule prière muette comme ces régions de nuit et précédant des bravoures plus violentes que ce chaos polaire.

À tout prix et avec tous les airs, même dans des voyages métaphysiques. — Mais plus *alors*.

242

Devotion

To my sister Louise Vanaen de Voringhem : — Her blue coif turned toward the North Sea. — For the shipwrecked.

To my sister Léonie Aubois d'Ashby. Baou — the buzzing, stinking summer grass. — For the fever of mothers and children.

To Lulu, — demon — who has retained a taste for the oratories of the time of the Amies and the incomplete education. For men! To madame ***.

To the adolescent that I was. To this saintly old man, hermitage or mission.

To the spirit of the poor. And to a very high clergy.

As well as to every cult in such place of memorial cult and among such events where we may have to go, according to the aspirations of the moment or else our own serious vice.

This evening to Circeto of the high glaciers, fat as a fish, and flushed as the ten months of the red night, — (her heart amber and spunk), — for my only prayer silent as these regions of night and preceding feats more violent than this polar chaos.

To any price and with all the airs, even in metaphysical travels. — But no more *then*.

민주주의

"깃발은 불순한 풍경으로 향하고, 우리의 방언은 북소리를 덮는다.

중심부에 우리는 가장 냉소적인 매음을 양육할 것이다. 우리는 논리적인 반항들을 살육할 것이다.

후추 향 나는 흠뻑 젖은 나라들로 향하라! ― 가장 기괴한 산업적 혹은 군사적 개발에 봉사하라.

여기서, 어디서든, 헤어진다. 선의로 징집된 우리는 잔인한 철학을 갖출 것이다. 과학에는 무지하고, 안락에는 교활할 것이다. 진행 중인 세상에는 죽음뿐. 이것이 진정한 행진. 앞으로, 출발!"

민주주의

　글 전체가 따옴표로 묶여 있다. 누구의 말을 인용한 것일까. 1870년대 제3공화국 당시의 선동적 담화를 풍자한 것일까. 서양의 식민주의에 대한 우회적 비판일까. 아니면 내면의 "다른 삶들"의 목소리일까. 상상의 도시 곳곳에 출몰하는 "민중"을 대변하는 말일까. 담론의 층위가 다른 시들과 다르다. 과장과 냉소의 어조가 강하고 화법의 양의성이 두드러진다. "죽음"의 언도, 말소의 의도는 상상과 현실의 두 세상 모두를 향한 것일 수 있다.

　보들레르의 "예술은 매음"이라는 경구가 담론의 바탕에 있다. "후추 향 나는"으로 옮겨진 단어(poivrés)에는 "성병에 걸린", "음탕한" 등의 뜻이 내포되어 있다. "개발"로 번역된 단어(exploitations)에는 "경작", "개척", "착취"의 의미도 있다.

Démocratie

≪Le drapeau va au paysage immonde, et notre patois étouffe le tambour.

≪Aux centres nous alimenterons la plus cynique prostitution. Nous massacrerons les révoltes logiques.

≪Aux pays poivrés et détrempés! — au service des plus monstrueuses exploitations industrielles ou militaires.

≪Au revoir ici, n'importe où. Conscrits du bon vouloir, nous aurons la philosophie féroce ; ignorants pour la science, roués pour le confort ; la crevaison pour le monde qui va. C'est la vraie marche. En avant, route!≫

Democracy

"The flag goes to the impure landscape, and our dialect stifles the drum.

"In the centers we will nurture the most cynical prostitution. We will massacre logical revolts.

"To the peppery and drenched lands! — at the service of the most monstrous industrial or military exploitations.

"Farewell here, no matter where. Conscripts of good will, we will have a ferocious philosophy ; ignorant of science, sly for comfort ; death to the ongoing world. This is the real march. Forward, let's go!"

정령

그는 애정이며 현재다. 거품 이는 겨울과 여름의 소음을 향해 집을 열어놓고, — 마실 것과 먹을 것을 정화한 그는 — 달아나는 장소들의 매혹이며 정지된 지점들의 초인간적 환락이다. — 그는 애정이며 미래, 힘이며 사랑이다. 우리는 격정과 권태 속에 일어서서, 폭풍우의 하늘과 열광의 깃발들 속으로 지나가는 그를 바라본다.

그는, 완벽하게 재창조된 척도이자 경이로운 뜻밖의 이치인, 사랑이고, 그리고 영원, 즉 숙명적 품성들로 사랑받는 장치다. 우리는 모두 그와 우리의 양도로 인한 공포를 경험했다. 오, 우리 건강의 향유, 우리 능력들의 도약, 이기적 애정과 그를 향한 열정, — 그는 무한한 생명 다하도록 우리를 사랑한다…

그리고 우리는 그를 다시 부르고 그는 운행한다… 만일 **숭배**가 사라지면, 울린다, 그의 약속이 울린다. "물러가라, 이 미신들, 이 옛 육체들, 이 가정들, 이 세대들. 가라앉은 것은 바로 이 시대다!"

그는 가버리지 않을 것이고, 어느 하늘에서 다시 내려오지 않을 것이고, 여자들의 분노와 남자들의 즐거움과 이 모든 죄의 사함을 행하지 않을 것이다. 왜냐하면 그가 있음으로, 그리고 사랑받음으로, 그것은 이루어졌으니까.

오, 그의 숨결들, 그의 얼굴들, 그의 운행들. 형태들과 행동을 완성하는 그 무서운 신속함.

오, 영혼의 풍요와 우주의 광대함!

그의 육체! 꿈꾸어 온 해방, 새로운 폭력과 교차된 은총의 파괴!

그의 시선, 그의 시선! 그로 인해 *면제되는* 모든 옛 굴종들과 징벌들.

그의 빛! 더 강렬한 음악 속에서 울리며 변화하는 모든 고통들의 사면.

그의 발걸음! 옛 침략들보다 더 거대한 집단 이주.

오, 그와 우리! 사라진 자비심보다 더 너그러운 자부심.

오, 세계여! 그리고 새로운 불행들의 맑은 노래!

그는 우리 모두를 알았고 우리 모두를 사랑했다. 이 겨울밤, 곳에서 곳으로, 소란스러운 극지에서 성으로, 군중에서 해변으로, 시선들에서 시선들로, 힘과 감정들에 겨워, 그를 소리쳐 부르고 보고, 다시 보내고, 그리고 파도 속에서나 눈의 사막 높은 곳에서도, 따를 수 있어야 한다, 그의 시선들, ― 그의 숨결들 ― 그의 육체 ― 그의 빛을.

정령

"정령"으로 옮겨진 제목(génie)은 초자연적 존재, 신성, 수호신, 천재(성) 등의 의미를 포함한다. "정령"의 모습은 우화적인 「이야기」에 나온다. "형언할 수 없는, 고백할 수조차 없는 아름다움을 지닌" 그 존재는 이상화된 자아의 완성형이고, 글쓰기의 초점이자 정점이다. 그래서 이 시는 전통적으로 『일류미네이션』의 마지막에 위치한다. 「바센세일」을 맨 뒤에 놓는 판본은 시집의 분산과 허무주의를, 「정령」을 선호하는 판본은 시집의 통합성과 완성의 의미를 강조하는 셈이다.

"정지된 지점들"로 번역된 단어(stations)는 역, 정거장, 멈춤, 행성의 정류 등의 의미와 함께 십자가의 길, 수난의 길의 14개 지점을 가리킨다. "물러가라"로 시작되는 대목은 「마태복음」 4장 10절의 구절 "물러가라, 사탄"을 연상시킨다. 그 외의 많은 표현들이 안티크리스트의 형상과 속성을 나타낸다.

예수를 소환하고 그의 행적을 파기하고, 새로운 "빛"과 "사랑", 새로운 이치와 질서, 새로운 복음과 공현을 선포하는 메시아니즘의 과장이 있지만, 본질적 메시지는 인간 정신의 해방, 영혼의 절대 자유다. "정령"은 랭보가 늘 꿈꾸었던 "자유로운 자유"(la liberté libre)의 화신이다.

Génie

Il est l'affection et le présent puisqu'il a fait la maison ouverte à l'hiver écumeux et à la rumeur de l'été, — lui qui a purifié les boissons et les aliments — lui qui est le charme des lieux fuyants et le délice surhumain des stations. — Il est l'affection et l'avenir, la force et l'amour que nous, debout dans les rages et les ennuis, nous voyons passer dans le ciel de tempête et les drapeaux d'extase.

Il est l'amour, mesure parfaite et réinventée, raison merveilleuse et imprévue, et l'éternité : machine aimée des qualités fatales. Nous avons tous eu l'épouvante de sa concession et de la nôtre : ô jouissance de notre santé, élan de nos facultés, affection égoïste et passion pour lui, — lui qui nous aime pour sa vie infinie···

Et nous nous le rappelons et il voyage··· Et si l'Adoration s'en va, sonne, sa promesse sonne : «Arrière ces superstitions, ces anciens corps, ces ménages et ces âges. C'est cette époque-ci qui a sombré!»

Il ne s'en ira pas, il ne redescendra pas d'un ciel, il n'accomplira pas la rédemption des colères de femmes et des gaîtés des hommes et de tout ce péché : car c'est fait, lui étant, et étant aimé.

Ô ses souffles, ses têtes, ses courses ; la terrible célérité de la perfection des formes et de l'action.

Ô fécondité de l'esprit et immensité de l'univers!

Son corps! Le dégagement rêvé, le brisement de la grâce croisée de violence nouvelle!

Sa vue, sa vue! tous les agenouillages anciens et les peines *relevés* à sa suite.

Son jour! l'abolition de toutes souffrances sonores et mouvantes dans la musique plus intense.

Son pas! les migrations plus énormes que les anciennes invasions.

Ô lui et nous! l'orgueil plus bienveillant que les charités perdues.

Ô monde! et le chant clair des malheurs nouveaux!

Il nous a connus tous et nous a tous aimés. Sachons, cette nuit d'hiver, de cap en cap, du pôle tumultueux au château, de la foule à la plage, de regards en regards, forces et sentiments las, le héler et le voir, et le renvoyer, et sous les marées et au haut des déserts de neige, suivre ses vues, — ses souffles — son corps — son jour.

Genie

He is affection and the present since he has made the house open to foamy winter and the sound of summer, — he who has purified drink and food — he who is the charm of fleeing places and the superhuman delight of stations. — He is affection and the future, strength and love that we, standing in rages and ennuis, see passing in the stormy sky and the flags of ecstasy.

He is love, perfect and reinvented measure, marvelous and unforseen reason, and eternity : loved machine of fatal qualities. We all have known the terror of his concession and of ours : oh enjoyment of our health, surge of our faculties, egoistic affection and passion for him, — he who loves us for his infinite life⋯

And we recall him and he travels⋯ And if the Adoration goes away, rings, his promise rings : "Away with these superstitions, these ancient bodies, these households and these ages. It is this epoch that has foundered!"

He will not go away, he will not descend again from a heaven, he will not accomplish the redemption of women's angers and of men's gaieties and of all this sin : for it is done, he being, and being loved.

O his breaths, his heads, his journeys ; the terrible celerity of the perfection of forms and action.

O fecundity of the spirit and immensity of the universe!

His body! The dreamed-of release, the shattering of grace crossed by new violence!

His sight, his sight! all the ancient kneelings and the penalties *relieved* in his wake.

His day! the abolition of all sufferings resounding and moving in more intense music.

His step! migrations more enormous than the ancient invasions.

O he and we! pride more benevolent than the lost charities.

O world! and the clear song of new misfortunes!

He has known us all and loved us all. May we know, this winter night, from cape to cape, from the tumultuous pole to the castle, from the crowd to the beach, from glances to glances, strengths and sentiments weary, how to hail him and to see him, and to resend him, and under the tides and to the top of the deserts of snow, to follow his sights, — his breaths — his body — his day.

참고 판본

Illuminations, texte établi et commenté par André Guyaux, Neuchâtel, À la Baconnière, 1985.

OEuvres complètes, édition de Pierre Brunel, Librairie générale française, 1999.

OEuvres, édition présentée et annotée par Suzanne Bernard et revue par André Guyaux, Garnier, 2000.

OEuvres complètes, *Correspondance*, édition présentée et établie par Louis Forestier, Laffont, 2004.

OEuvres complètes, édition présentée et annotée par André Guyaux, Gallimard, 2009.

OEuvres complètes, édition présentée et annotée par Jean-Luc Steinmetz, Flammarion, 2010.

Illuminations and Other Prose poems, translated by Louise Varèse, New Directions, 1957.

A Season in Hell, The Illuminations, translated by Enid Rhodes Peschel, Oxford University Press, 1973.

Illuminations, translated by John Ashbery, W. W. Norton & Company, 2011.

작가 연보

<table>
<tr><td>1854년</td><td>10월 20일, 프랑스 북쪽 지방 아르덴의 작은 도시 샤를르 빌(Charleville)에서 랭보(Jean-Nicolas-Arthur Rimbaud) 태어나다. 아버지 프레데릭(Frédéric)은 직업군인, 어머니 비탈리 (Vitalie Cuif)는 농부의 딸로 의무감이 강하고 "극도로 독실한" 성격이었다.</td></tr>
<tr><td>1860년</td><td>8월, 소속 연대의 잦은 이동으로 집을 비우는 날이 많았던 프레데릭 대위는 비탈리와 다투고 완전히 가족을 떠난다. 이후 비탈리는 홀로 네 자녀를 키우며 힘든 삶을 꾸려간다. 형 프레데릭, 여동생 비탈리와 이자벨.</td></tr>
<tr><td>1861년(7세)</td><td>학교 입학(Institution Rossat). 재학 중 많은 학업 우수상을 받는다.</td></tr>
<tr><td>1865년(11세)</td><td>진학(Collège de Charleville). 여러 과목에서 우수한 성적을 내고 특히 라틴어 과목에서 뛰어난 재능을 보인다.</td></tr>
<tr><td>1869년(15세)</td><td>랭보가 쓴 라틴어 시들이 학구 소식지에 실린다. 연말에 첫 프랑스어 시 「고아들의 선물」 잡지에 기고.</td></tr>
<tr><td>1870년(16세)</td><td>랭보와 교우하며 영향을 줄 교사 이장바르(Izambard, 22세)를 만난다. 시인 방빌(Banville)에게 3편의 시와 편지를 보낸다. 훗날 초기 운문 시집을 구성할 많은 시들을 쓴다.
7월 19일, 프랑스, 프러시아에 선전 포고.
8월 29일, 랭보의 첫 가출. 파리에서 무임승차로 체포되어 5일 동안 수감된다.
9월 2일, 나폴레옹 3세, 프러시아에 항복. 4일, 프랑스 제3 공화국 선포.
9월, 랭보, 두에(Douai)에 보름 동안 머물며 시들을 정리해서 이장바르가 소개해준 젊은 시인 드므니(Paul Demeny)에</td></tr>
</table>

게 맡긴다.

10월, 두 번째 가출. 샤를르빌을 떠나 브뤼셀로 갔다가 다시 두에로 가서 "드므니 모음집"을 정리 보완한다. 샤를르빌로 귀환.

1871년   1월, 독일군, 샤를르빌 점령. 휴전 승인.

2월~3월, 랭보, 기차로 파리에 가서 힘들게 지내다 걸어서 샤를르빌로 귀환한다.

3월 18일, 파리 코뮌(Commune de Paris) 선포. 랭보는 파리 코뮌을 지지하는 시들을 쓴다.

4월~5월, 파리 코뮌 의용군에 참가한 것으로 추정.

5월, "나는 투시자(voyant)가 되려고 노력한다. […] 모든 감각의 착란을 통해 미지(未知)에 도달하는 것이 중요하다. […] '나는 생각한다'는 말은 틀렸다. '누군가 나를 생각한다'고 말해야 한다. […]. '나'는 타자다"(이장바르에게 보낸 편지).

"시인은 오랜, 광대하고 체계적인 모든 감각의 착란을 통해 스스로 투시자가 되어야 한다. 모든 형태의 사랑, 고통, 광기를 스스로 구하고, 내면에서 모든 독을 길어내어 그로부터 순수한 본질만 간직해야 한다"(드므니에게 보낸 편지).

5월 하순, "유혈의 주간"을 통해 파리 코뮌 붕괴.

8월~9월, 베를렌(27세)에게 편지와 여러 편의 시를 보낸다. 베를렌의 부름을 받아 파리로 가서 베를렌의 처가 신혼집에서 기거. 이후 파리의 여러 곳을 전전하며 베를렌을 통해 여러 문인들과 교류한다.

10월~12월, 문인들의 도움으로 파리 여러 곳에 머물며 창작 활동.

1872년   1월~2월, 랭보와 베를렌의 스캔들로 인해 베를렌의 아내 마틸드(Mathilde)가 떠나고 베를렌의 권유로 랭보는 파리를 떠나 결국 샤를르빌로 되돌아간다.

3월~5월, 시립 도서관에서 온갖 종류의 책을 읽는다. 『무

(無)에 관한 연구』라 불리는 후기 운문시들을 쓴다. 베를렌은 집으로 돌아온 마틸드와 화해하지만 두 사람의관계는 곧 나빠진다.

5월, 베를렌의 권유로 랭보는 파리에 와서 여러 곳에 머물며 후기 운문시 등을 쓴다.

7월, 결별의 편지를 전하고 혼자 떠나려는 랭보와 함께 베를렌은 벨기에로 가서 함께 지낸다.

9월, 두 사람은 런던으로 가서 궁핍하게 생활하며 시를 쓴다.

9월~12월, 베를렌은『무언의 로망스』시편들을 쓰고, 랭보는 『일류미네이션』의 몇몇 시편들을 쓴 것으로 추정된다. 마틸드의 이혼 요청으로 근심하는 베를렌과 랭보의 갈등. 랭보는 어머니의 부름을 받아 귀향한다.

1873년   1월, 혼자 머물던 병든 베를렌의 호소에 따라 랭보가 런던으로 다시 가서 함께 생활한다.

4월, 런던을 떠나서 베를렌은 룩셈부르크로 가고 랭보는 아르덴 지방으로 되돌아와『지옥에서 보낸 한 철』이 될 "이교도의 책"을 쓰기 시작한다.

5월, 두 사람, 다시 런던으로 가서 거주. 궁핍한 생활 속에 자주 싸운다.

7월, 아내와의 화합을 기대하며 베를렌은 런던을 떠나지만 여전히 랭보와 마틸드 사이에서 갈등하며 자살 의사를 여러 사람에게 표명한다. 며칠 후 브뤼셀에서 다시 만나 다툰 끝에 베를렌은 랭보를 향해 총을 쏘아 손목에 상처를 입힌다. 병원에서 응급 치료 후 떠나려고 역으로 가는 랭보를 다시 총으로 위협한 베를렌은 현장에서 경찰에 체포된다. 랭보는 소송 취하 후 고향으로 떠나고 베를렌은 징역 2년 형을 받아 수감된다.

8월, 랭보는 고향 농가에 머물며『지옥에서 보낸 한 철』을 완성한다.

10월, 출판된 저자용 기증본 중 한 부를 감옥에 있는 베를렌에게 보낸다. 고향 친구 들라에(Delahaye)에게 한 부를 주고 파리의 친구들에게 몇 부 보낸다. 기증본 외 나머지는 배포되지 않은 채 출판사에 방치되었다가 1901년에야 발견된다.

11월, 파리에서 시인 제르맹 누보(Germain Nouveau)와 만난 것으로 추정. 고향으로 돌아가 겨울을 보낸다.

1874년 3월, 파리에서 누보와 함께 런던으로 간다. 이 시기에 『일류미네이션』 원고의 상당 부분을 정서한 것으로 보인다. 누보도 원고의 필사에 참여한 흔적이 두어 곳 있다. 박물관을 자주 찾고 도서관에서 공부한다.

6월, 누보는 파리로 돌아가고 랭보는 가정교사 등 일자리를 구하려 애쓰며 살아간다.

7월, 병든 랭보의 요청으로 어머니와 여동생 비탈리가 런던으로 와서 함께 지낸다. 7월 말일, 랭보는 일을 찾아 런던을 떠나고 어머니와 여동생은 집으로 돌아간다.

12월 말, 랭보, 샤를르빌로 귀환. 형 프레데릭의 입대로 랭보는 징집을 면한다.

1875년 1월, 구직 혹은 사업을 위해 독일어를 배운다.

2월, 슈투트가르트로 가서 머문다.

3월 2일, 브뤼셀에서 18개월의 형기를 치르고 1월에 출소한 베를렌이 슈투트가르트로 랭보를 찾아온다. 기독교에 귀의한 베를렌과의 짧은 만남은 격한 논쟁만 남긴다. 이틀 후 파리로 떠나는 베를렌에게 랭보는 『일류미네이션』의 원고를 주고 출판을 위해 벨기에에 머물고 있는 누보에게 전해 달라고 부탁한 것으로 추정된다. 원고를 전달받은 누보는 출판사를 찾지 못하고 베를렌에게 되돌려 준 것으로 보인다.

5월, 랭보는 슈투트가르트를 떠나 알프스를 넘어 이탈리아로 간다.

6월, 이탈리아를 떠돌던 중 일사병에 걸려 프랑스 영사의 도움으로 마르세유로 송환되어 치료를 받는다.

7월~8월, 파리에서 가정교사 생활을 하며 몇몇 문우를 만난 것으로 보인다.

10월~12월, 샤를르빌에서 피아노를 배우고 여러 외국어들을 공부한다. 극동으로의 여행 혹은 파견을 계획하기도 한다.

1876년 1월, "랭보 소식은 전혀 없다"(누보가 베를렌에게 보낸 편지).

5월~8월, 브뤼셀에서, 네덜란드의 식민지 군대 용병으로 지원하여 지브롤터, 나폴리, 수에즈, 예멘의 아덴, 인도 수마트라, 인도네시아 등지를 항해한다. 8월 중순, 탈영.

9월~12월, 스코틀랜드 선함을 타고 대서양을 통해 영국으로 입항 후 여러 도시를 거쳐 샤를르빌로 귀환.

1877년 1월, "그가 돌아왔다!"(들라에의 편지).

5월부터 독일의 여러 도시와 스톡홀름, 코펜하겐, 그리고 마르세유, 로마 등지를 떠돌다 연말에 귀향한다.

1878년 8월, 베를렌이 『일류미네이션』("illuminécheunes") 원고를 처남인 작곡가 샤를 드 시브리(Charles de Sivry)에게 "빌려준" 뒤, 10월, 11월 두 번에 걸쳐 돌려달라는 편지를 보낸다.

10월~12월, 걸어서 보주 산맥과 눈 덮인 스위스 알프스를 넘어 제노바까지 간 후, 배를 타고 알렉산드리아로 간다. 키프로스 섬에 있는 프랑스 회사에 고용되어 통역과 작업 반장 일을 맡는다.

1879년 2월, "바닷가, 사막 채석장 감독"으로 일한다(가족에게 보낸 편지).

5월말 어려운 여건 속에서 맡은 일을 계속하던 중 장티푸스에 걸려 프랑스로 돌아와 치료를 받고 고향에 머문다. 가을에 알렉산드리아로 향하지만, 열병으로 마르세유에서 되돌아온다.

1880년 3월, 키프로스로 가서 건설현장 감독 일을 맡는다. 3개월 후 키프로스를 떠나 이집트를 거쳐 8월에 아라비아 반도 남쪽 끝에 있는 도시 아덴에 자리를 잡는다. 커피 무역

회사에서 근무.

9월, "아덴에서 유일하게 좀 똑똑한 직원"이지만 "임금이 낮다"(가족에게 보낸 편지).

11월, 아비시니아(현 에티오피아) 지점에서 근무하기로 회사와 3년 계약을 맺고 하라르로 떠남.

12월, "말을 타고 소말리 사막을 넘어 20일 만에 도착했다. […] 이 지방의 거래 물품은 커피, 상아, 가죽 등이다"(가족에게 보낸 편지).

1881년   1월~2월, 베를렌은 다시 두 차례에 걸쳐 샤를 드 시브리에게 『일류미네이션』 원고를 돌려달라고 요구한다.

12월, 일 년 내내 권태에 시달리던 랭보는 하라르를 떠나 아덴으로 가서 일한다.

1883년   3월, 힘든 아덴 생활을 뒤로 하고 다시 하라르 지점으로 간다. 이후 그곳을 거점으로 "지금까지 백인들이 접근할 수 없었던 지역들"로의 탐사를 조직하고 원정에 참여하기도 한다.

1884년   4월, 회사의 파산으로 일자리를 잃는다. 파리에서는 베를렌의 『저주받은 시인들』이 출간되어 랭보를 대중에게 알리는 계기가 된다.

5월, "삶은 견딜 수 없이 권태롭고, […] 이제 어디로 이끌려가게 될지, 어떤 길로, 어디를 향해, 무엇을 향해, 또 어떻게 가게 될지 나로서는 모르겠다. […] 이곳 삶은 정말 악몽이다. […] 나보다 더 힘겹게 사는 것이 불가능하다는 걸 나는 늘 알았다"(가족에게 보낸 편지).

6월, 6개월 계약으로 아덴에서 근무.

1885년   1월, 1년 계약 연장. 식민지 전쟁 등으로 사업 환경 악화.

10월, 회사를 그만두고 큰돈을 벌기 위해서 프랑스 무기 거래상 라바튀(Labatut)와 계약을 맺는다.

11월, 홍해의 항구 마을에서 무기 대상을 준비하지만, 프랑스의 무기 거래 금지령으로 출발이 지체된다.

1886년	4월, 어렵게 무기 수송 허가를 얻지만 라바튀가 병에 걸려 본국으로 돌아가 결국 죽음으로써 랭보는 곤경에 처한다.
	5월~6월, 문학잡지 『라 보그』에 『일류미네이션』 시편들과 후기 운문시들이 연재된다.
	10월, 무기를 실은 30마리의 낙타와 34명의 낙타몰이꾼을 이끌고 목적지인 코아 지방을 향해 길을 떠난다. 파리에서는 『일류미네이션』이 책자로 발간된다. 잡지에 게재되었던 것과 목차가 다름. "모든 문학을 넘어선, 아마도 모든 것보다 상위에 있는 작품"이라는 편집자 페네옹(Fénéon)의 평.
1887년	2월, 험난한 여정 끝에 목적지에 도착하지만, 결국 헐값에 무기를 넘기게 된다.
	5월, 하라르로 귀환.
	8월, 더위를 피해 이집트 카이로에 체류. "요즘 허리 류머티즘으로 형벌 받는 것처럼 괴롭고, 왼쪽 넓적다리는 이따금씩 마비되고, 왼쪽 무릎 관절도 고통스럽고, 오른쪽 어깨도 (이미 오래전부터) 류머티즘이 있고, 머리도 완전히 회색이어서, 내 존재가 몰락하는 것 같다"(가족에게 보낸 편지).
	10월, 다시 아덴. 가족의 귀국 권유를 거절하는 내용이 담긴 편지.
1888년	2월, "파리에서 그대가 일종의 전설적 인물이 되었다는 사실을 아마 모르겠지요"(동창생이자 기자인 부르드(Bourde)가 랭보에게 보낸 편지). 이 시기 파리에는 랭보의 위작이 많이 나타난다.
	5월, 무기 거래를 위해 여러 곳을 다니며 애쓰다 허가를 받지 못해 결국 포기한다. 하라르에 정착. 섬유, 금, 상아, 커피 등을 사고파는 거래소 운영. 최후의 프랑스 입국까지 더 이상 하라르를 떠나지 않는다.
	8월, "가장 큰 슬픔은 모든 지적 사회로부터 멀리 고립되어, 스스로 점점 멍청해져간다는 두려움에 있다"(가족에게 보낸

편지).

1889년   5월, "나는 여전히 이 악마 같은 지역에서 일에 매여 살고 있지만, 내가 버는 것은 내가 가진 근심에 비할 바가 못 된다" (가족에게 보낸 편지).

1890년   4월, "나는 슬프게도 결혼할 시간도, 스스로 결혼하는 걸 볼 시간도 없다. 내 사업을 무작정 접기가 불가능하다. 이런 악마 같은 지역에서 사업을 하면 벗어날 수가 없다"(어머니에게 보낸 편지).

8월, "다음 해 봄에 집에 가서 결혼할 수도 있을까? 그렇지만 집에 가서 묶이는 것도, 이곳 사업을 저버리는 것도 받아들일 수 없다. 나를 따라 여행하는 것을 받아들일 누군가를 내가 만날 수 있을까?"(가족에게 보낸 편지).

11월, "결혼 얘기할 때 내가 말하려 한 것은 여전히 자유롭게 여행하고, 외국에 살고, 아프리카에 계속 살 수도 있어야 한다는 것이다. 유럽의 기후에는 이제 적응이 안 된다. […] 게다가 불가능한 것이 내게 하나 있다. 한곳에 머무는 삶이다" (어머니에게 보낸 편지).

1891년   2월, 어머니에게 보낸 편지에서 오른쪽 무릎의 통증으로 보름간 잠을 이루지 못했다고 호소하고 무릎까지 덮을 수 있는 긴 양말을 부탁한다. 여전히 병역 의무가 남아 있는지 묻는 대목도 있다.

3월, 랭보를 진료한 이탈리아인 의사가 귀국을 권한다.

4월, 들것에 실려 하라르를 떠나 사막을 가로질러 항구에 도착한다. 그 힘든 11일 간의 여정에 대한 시인의 짧은 노트가 있다. "아침 여섯 시 하라르 출발. […] 텐트에서 밤을 보냄. 발라우아 도착. 비가 온다 — 격한 바람. —"(7일). "4시에 폭풍우 — 차가운, 아주 넘치는 장밋빛 밤"(8일). "비. 11시에 일어나기 불가능. 낙타들이 짐 신기를 거부한다. 그래도 들것은 출발해서 비를 맞으며 2시에 오르자 도착 — 저녁 내내, 밤새 낙타들을 기다리지만 오지 않는

266

다. 16시간 줄곧 비가 내리고 우리는 먹을 것도 텐트도 없다"(10일). "낙타들이 오후 4시에 도착하고, 우리는 30시간의 완전 공복 끝에 먹는다"(11일). "5시 반에 일어나, 9시에 비오카보바 도착, 야영"(13일). 18일, 항구에서 배를 타고 아덴으로 가서 병원에 입원한다. 영국인 의사가 "아주 위험한 지경에 이른 활액막염"으로 다리를 절단해야 한다고 진단한다.

5월, 배를 타고 11일 만에 프랑스로 귀국하여 마르세유의 콩셉시옹 병원에 입원한다. 의사들이 활액막염이 아니라 골육종(뼈 조직의 악성 종양)으로 판정한다. 27일, 급히 달려온 어머니와 여동생 이자벨의 보호 아래 다리 절단 수술을 한다. 사흘 후, 하라르로 보낸 편지에는 "몇 달 후 하라르로 되돌아가서 다시 이전처럼 사업을 할 생각"이라는 언급이 있다.

6월, "나는 밤낮으로 울기만 한다. 나는 죽은 사람이다. 나는 평생 불구가 되었다. […] 결국, 우리의 삶은 불행, 끝없는 불행이다! 도대체 왜 살아가는 것일까?"(이자벨에게 보낸 편지).

7월 23일, 퇴원하여 고향 농가로 간다.

8월 23일, 이자벨과 함께 다시 마르세유로 와서 입원한다. 병이 악화되어 왼쪽 팔, 왼쪽 다리까지 전이된 상태.

8월~11월, 누이의 보살핌을 받으며 고통에 신음하는 날이 지속된다.

11월10일, 37세, 죽음. 나흘 후 샤를르빌 묘지에 묻히다.

누이동생 이자벨이 그린 랭보, 1891